Zapping

DU MÊME AUTEUR

Éditions Denoël
La mort n'oublie personne
Le Facteur fatal

Éditions du Masque
Mort au premier tour (épuisé)

Éditions Gallimard/Série noire
Meurtres pour mémoire
Le Géant inachevé
Le Der des ders
Métropolice
Le Bourreau et son double
Lumière noire

Éditions Gallimard/Page blanche
A louer sans commission

Éditions de l'Instant
Non-Lieux

Éditions Syros/Souris noire
La Fête des mères
Le Chat de Tigali

Éditions Folies d'Encre
Quartier du Globe

Éditions Manya
Play Back

Éditions Julliard
Hors limites

Didier Daeninckx

Zapping

nouvelles

Denoël

73-75, rue Pascal, 75013 Paris
ISBN 2.2707.23977.2
B 23977.6

En souvenir d'Omayara,
fillette d'Armero.

LA PLACE DU MORT

Rien ne prédisposait Alcine Tolana à jouer, pendant près de trois mois, le rôle du Chevalier Blanc dans la véritable guerre de succession qui opposait, après la fuite du maire en Colombie, les nombreux clans issus d'un demi-siècle de règne sans partage des Roberti sur la station balnéaire de Saint-Denisse.

Alcine avait commencé sa carrière à la station régionale FR3 - Côte-d'Azur comme monteur. Il aurait peut-être fini son temps derrière son pupitre si un journaliste bien en cour n'avait remarqué le timbre très particulier de sa voix, un midi d'avril 1980, à la cantine, alors qu'il racontait une histoire de pêche au gros au large de Martigues. Quelques semaines plus tard on lui avait confié la présentation de la météo, et il s'en était admirablement bien sorti, inventant quelques astuces bientôt reprises par les caïds de TF1 et Antenne 2, comme accrocher un pin's différent chaque jour au revers de sa veste, ou ponctuer le ballet des nimbus et des cumulus par une pensée bien sentie :

— En fait il fera demain un temps idéal, et comme l'écrivait ce cher Gustave Flaubert à Louise Colet, *l'idéal est comme le soleil; il pompe à lui toutes les crasses de la Terre.* Voilà, merci, bonsoir et à demain.

Il ne lui fallut que trois ou quatre semaines pour se hisser au rang de gloire locale. Il commença à recevoir du courrier à en-tête : on l'invitait à présider un concours de boules, à inaugurer un magasin, à commenter une course cycliste, à tirer les numéros gagnants d'une tombola... Alcine n'avait pourtant rien d'exceptionnel, de particulier : c'était un homme de moyenne corpulence, au visage rond barré d'une moustache sombre et fournie. Une calvitie marquée isolait une île de cheveux en haut du front, mais la chose que l'on ne pouvait manquer de remarquer c'était la mobilité des yeux, l'ironie bon enfant qui animait son regard. C'était sûrement là que résidait son pouvoir de séduction : les téléspectateurs se noyaient dans ce regard et se laissaient emporter par les intonations mélodieuses de sa voix.

En septembre de la même année le principal journal du département des Alpes-Maritimes lui offrit une tribune en dernière page, la plus lue, entre la carte météo et les programmes télé. Il l'intitula « Les Potins d'Alcine » et se mit à parler de tout et de rien : faits divers, histoires drôles, recettes de cuisine...

Sa vie bascula en juin 1981, un an jour pour jour après sa première intervention en fin de journal : la France s'était choisi un président étiqueté « socialiste », mais la grande majorité des rédactions avaient été constituées sur des bases partisanes dépassées. De Lille à Valence on réclamait les têtes des hommes-troncs. Dans la plupart des régions on faisait la queue à la porte des studios pour incarner la Voix de la France nouvelle manière, et les missi dominici du pouvoir n'avaient que l'embarras du choix : s'ils ne trouvèrent guère de *journalistes professionnels,* ils furent reconnaissants de ce que Dieu leur envoya comme domesticité.

Les choses furent plus difficiles dans les confetti de l'Empire, en Vendée et dans le secteur Provence-Côte d'Azur. Le président de chaîne, Yvan Bouyrgues, mouilla la chemise et procéda lui-même au ménage. Alcine Tolana lui apparut comme une révélation. Que rêver de mieux pour diriger les informations générales que le Monsieur Météo d'une région où il faisait toujours beau ! Suivirent sept années de félicité pour Alcine dont la popularité battait chaque semaine de nouveaux records. Son profil de Français moyen, le velours de sa voix, ses œillades enjôleuses lui permirent de passer au travers des remous de la cohabitation. Il survécut au remplacement de Bouyrgues par Condoiseau, à la démission de ce dernier, à la nomination de Cyrille Château-Gaillart, premier énarque aveugle assurant la direction d'une chaîne de télévision, puis au retour de Bouyrgues.

Le secret de sa réussite et de sa longévité tenait tout entier dans le registre méticuleusement annoté chaque jour par l'une de ses secrétaires. Les passages à l'antenne du maire Roberti et de ses adjoints étaient reportés dans une colonne, en face du minutage de la prestation. Il en allait de même pour les membres les plus éminents de l'opposition socialiste. De savants calculs permettaient de maintenir l'influence électorale de chaque camp. Tout était comptabilisé : les discours politiques comme les envolées lyriques précédant les commémorations, les bisous aux centenaires, les jets de fleurs lors des cavalcades... Quand la pression du Front national se fit trop forte, Alcine Tolana eut l'intelligence d'organiser un débat sur l'avenir du bassin méditerranéen en plaçant face à face un Français extrémiste de France, José Da Costa qui se faisait appeler Jean Lacoste, et un Algérien intégriste d'Algérie, Robert Mourad qui préférait qu'on le surnomme Ben Mourad. L'émission fut titrée avec esprit : « Le Pen contre le Fis. » Tout aurait pu continuer de la sorte et nul doute qu'au prix de quelques cours d'effacement d'accent, Alcine Tolana se serait vu proposer une mutation à Paris... Le bureau avec vue sur la Seine, cours Albert-Ier, lui échappa à cause d'une pointe de Zac écornant une propriété familiale située sur les hauteurs de Saint-Denisse.

Les Tolana habitaient là depuis au moins deux siècles. Personne, dans la famille, n'avait eu la curiosité de recomposer l'arbre généalogique, mais aussi loin que l'on remontait dans les souvenirs des oncles et des tantes, on trouvait un Tolana à Saint-Denisse ou dans l'un des petits villages alentour. Dans les années 50 le père d'Alcine cultivait encore ce bout de terrain qui dominait les calanques. Son travail lui permettait de presser assez de vin pour vivre une bonne partie de l'année et il en restait bien assez pour étancher sa soif. Alcine avait entendu des centaines de fois le récit des privations des Tolana, paysans pauvres obligés de se vendre dans tous les mas de la région pour simplement survivre. C'était le grand-père de son père qui avait réussi à faire l'acquisition de ce terrain caillouteux dont personne, à l'époque, ne voulait. Il l'avait payé en s'enrôlant pour cinq ans sur les navires qui alimentaient les savonneries de Marseille en matière première. Alcine voyait encore son père ramasser une pierre de la grosseur d'une pomme et la faire sauter dans sa paume.

— Tu vois, fils, je me plains de racler sans arrêt sur des caillasses comme celles-là... Quelquefois j'en viens à me décourager... Tu sais ce que je fais pour me redonner du cœur au ventre ?

Alcine écarquillait les yeux, comme s'il ne connaissait pas la réponse.

— Eh bien, je lève le regard sur le mur qui entoure la propriété... Il est constitué de... je ne sais pas... un million, deux millions de pierres empilées les unes sur les autres... Quand le premier Tolana a poussé sa putain de charrue pour la première fois sur cette putain de terre, elles étaient toutes sous ses pieds. Il a fallu qu'ils les pêchent une à une pour bâtir ce mur... Chaque mètre carré de cette terre leur a coûté une année de vie. Alors je me dis que pour moi c'est plus facile que pour eux, et je repars.

Ces souvenirs enfouis étaient remontés à la surface avec une incroyable intensité quand, lors de la conférence de rédaction, une journaliste stagiaire, Dominique Rotivalaci, avait commencé à exposer le dossier sur lequel elle travaillait.

— Comme vous le savez tous, le projet de tracé du T.G.V. provoque un maximum d'opposition dans les communes concernées...

Les rires et les remarques fusèrent.

— Oh le scoop ! Continue comme ça, tu te rapproches du Sept d'Or...

— Je me contenterai du prix Albert-Londres. En attendant, laissez-moi aller jusqu'au bout... J'ai regardé cas par cas et sur trente localités touchées par le T.G.V., un seul conseil municipal ne proteste pas...

Le silence s'était fait. La journaliste profita de son avantage pour maintenir le suspense.

— Pourtant cette municipalité est dirigée par un maire d'opposition et, normalement, il aurait tout intérêt à profiter de l'aubaine...

Le moqueur de la minute précédente éleva la voix.

— Je te file le Pulitzer si tu accouches !

Dominique Rotivalaci se leva pour punaiser une carte au mur recouvert de liège.

— Je vous parle de Saint-Denisse...

Un murmure déçu parcourut l'assistance. Alcine Tolana intervint.

— Un peu de patience... poursuivez, Dominique...

— La ligne traverse la commune sur trois kilomètres. Si personne ne se plaint, c'est qu'elle emprunte pour l'essentiel la voie des anciennes carrières avant de remonter sur Aurélien-la-Montagne. A part dans ce secteur...

Elle pointa l'extrémité de son stylo sur une zone qui bordait la mer. Le cœur d'Alcine se mit à battre plus vite. L'ombre portée du Waterman obscurcissait la terre des Tolana. Il se leva.

— J'habite à proximité, et je sais que la propriété que vous désignez appartenait à une œuvre charitable, les sœurs Marie-Thérèse de Ponchardier. Elle avait été revendue, bien avant que l'on parle de T.G.V., à un promoteur qui se proposait d'édifier un énième mouroir pour Parisiens pleins aux as... On a même tourné un sujet quand le maire, Jacques Roberti, a posé la première pierre du village. La S.N.C.F. a fait jouer la procédure de déclaration d'utilité publique. En tant que riverain je n'ai pas à me plaindre du changement, bien au contraire...

La jeune stagiaire ajusta un calque sur la première carte.

— Vous vous trompez, monsieur le rédacteur en chef ! La S.N.C.F. n'a pas eu besoin de faire déclarer la zone d'utilité publique. Le promoteur, Sudinvest, lui a cédé les terrains pratiquement au prix où il les avait acquis... C'est assez rare pour être signalé, non ?

La voix de Jean Rumaciole, un ancien journaliste du *Provençal* refourgué par le groupe à la mort de Gaston Deferre, surmonta le tumulte.

— Tu es sûre de ce que tu avances, Dominique ?

— Oui... J'ai obtenu la photocopie de l'acte de vente en ligne directe du bureau d'un des pontes du tracé...

— En ligne ou en lit direct ?

— Ah ! c'est malin... Bravo, je vous croyais quand même plus évolués. Si une nana décroche une info de première, c'est qu'elle couche ! Je crois plutôt que si vous n'obtenez rien, c'est justement que vous vous couchez.

Alcine Tolana la rejoignit alors qu'elle s'apprêtait à quitter la salle de conférences. Il approcha son visage du sien et baissa la voix.

— Ne faites pas attention à ce genre de vannes, ça tient davantage du réflexe que de la pensée profonde... Je crois qu'il faudra vous y faire : ça m'étonnerait que ça change dans les cinquante ans à venir.

Il la prit par le bras, dans le couloir.

— J'aimerais bien connaître la suite de votre enquête. Vous avez un peu de temps devant vous ?

Il l'emmena au *Bédouin-du-Vaucluse*, le bar néon du centre commercial de la zone d'activités où l'on avait implanté la station régionale. Ils s'installèrent au fond de la salle sous un agrandissement géant du mont Ventoux, paysage d'origine du patron et qui expliquait le nom curieux donné à l'établissement. Dominique Rotivalaci commanda un café, Alcine consulta sa montre qui lui autorisa un Casanis.

— Je tiens tout d'abord à vous promettre que je ne chercherai pas à savoir par quel biais vous avez déniché ce contrat... C'est votre responsabilité. Par contre... à l'antenne je me force à dire « en revanche » mais je suis un « par contreur » invétéré... Par contre, donc, je donnerais cher pour voir le dessous des cartes. Sudinvest n'a pas fait une croix sur une plus-value de cinq ou six milliards sans contrepartie. Vous avez des billes ?

Sans qu'il en ait encore conscience, la vie bien réglée, bien huilée d'Alcine Tolana avait pris fin sur cette question.

— Un sac bourré à craquer ! La S.N.C.F. tenait absolument à emprunter la voie des carrières appartenant à Sudinvest. La ligne de chemin de fer ne peut pas passer trop près des falaises et il ne restait, en cas d'opposition du promoteur, que la solution des tunnels au travers des collines à vignoble. Le kilomètre revenait trois à quatre fois plus cher, et, en plus, la S.N.C.F. se ramassait l'opposition de tous les viticulteurs du quartier.

Alcine trempa ses lèvres dans le pastis.

— O.K. Je comprends très bien le point de vue des tégévistes. Ça me paraît même cohérent. La preuve, à Saint-Denisse personne ne gueule alors que le reste du département est en révolution... Mais quel intérêt pour le bétonneur ?

Dominique suça la cuillère qui venait de touiller son café et la fit glisser lentement entre ses lèvres.

— Ecoutez, monsieur Tolana, je n'ai aucune preuve écrite de ce que j'avance. Tout s'est fait en secret entre la préfecture, Sudinvest, Roberti et les décideurs de la S.N.C.F. Le mois prochain la mairie de Saint-Denisse va être autorisée à modifier le Plan d'Occupation des Sols. La zone d'extension de la ville vers les carrières sera déclassée et, en contrepartie, une large bande de terrains située vers les falaises, au-dessus des calanques, sera déclarée constructible. Les quelques propriétaires de garrigue et de vignoble du coin auront le choix entre vendre directement à Sudinvest ou être expulsés par la préfecture, appuyée en sous-main par le conseil municipal. Tout cela, bien entendu, se fera au nom de l'intérêt supérieur. C'est tout ce que j'ai réussi à apprendre. L'avenir nous dira si je suis dans le vrai.

Alcine Tolana ôta le capuchon de son Montblanc et dessina rapidement le plan de la côte, vers les hauteurs de Saint-Denisse. Il signifia les carrières en grisé puis poussa le croquis devant la journaliste.

— Elles sont où exactement, ces terres ?

Dominique Rotivalaci plongea la main dans son sac. Elle fit jouer la vis de son bâton de rouge à lèvres et son geste laissa une cicatrice sanglante sur le domaine empierré des Tolana.

Le lendemain Alcine présentait au chef d'antenne un projet de chronique, sorte de billet d'humeur inspiré de ce qu'il écrivait depuis des années dans le quotidien des Alpes-Maritimes.

— Très bonne idée, Alcine... Je vais passer un coup de fil au rédac-chef. Peut-être que ça l'intéressera de nous sponsoriser. Ce serait une putain de synergie !

Tolana consacra le temps qu'on lui octroyait pour préparer sa nouvelle émission à étoffer le dossier de la stagiaire. La carte qu'il soutira à l'une de ses anciennes conquêtes, secrétaire d'un bureau de tirage de plans, lui confirma que près du tiers des terres que lui avait confiées son père était concerné par l'expulsion pour cause d'utilité publique. Une résidence hôtelière devait se dresser à la limite du muret de pierres. Trois semaines plus tard, devant un public aussi restreint qu'indifférent, le conseil municipal de Saint-Denisse votait comme un seul homme la proposition du maire Roberti sans qu'il soit fait allusion au futur aménagement de la voie à grande vitesse. La promotion immobilière se voyait accorder le droit de combler une brèche supplémentaire sur la mer. La nouvelle fut annoncée brièvement lors du 19-20, entre un sujet sur les incidents auxquels avait donné lieu le bal des pompiers de Pignas et un autre concernant la collision frontale, sur la corniche, d'un autocar serbe et d'un camion croate.

Alcine Tolana fit sa première apparition dans son nouveau rôle au début du mois suivant. L'émission d'une durée de cinq minutes et intitulée « Le Mot d'Alcine » fut annoncée pleine page par tous les quotidiens et hebdomadaires des départements qui captaient le régional Provence-Côte d'Azur. Les gazettes, inspirées par l'A.F.P., résumaient le sujet de la tribune de cette manière :

Depuis l'annonce du tracé du T.G.V. notre région est secouée par un vent de fronde auprès duquel le mistral fait figure de brise marine. De tous les villages qu'on disait assoupis sortent des paysans qu'on disait disparus et l'oppo-

sition au tracé prend quelquefois des allures de Far West, de bataille contre le Cheval de Fer! Alcine Tolana, le présentateur vedette de FR3-Paca, consacrera, avec tout l'humour qui le caractérise, sa première chronique méditerranéenne à ce problème qui électrise l'arrière-pays.

Le décor était volontairement sobre : un bureau de bois, une chaise, posés dans le coin d'une pièce. Le rectangle d'une fenêtre ouvrant sur un paysage de campagne provençale permettait d'incruster des images destinées à appuyer le propos d'Alcine. Le présentateur s'installa alors que les noms du générique s'envolaient pour disparaître dans le paysage. Le technicien mit en marche le téléprompteur sur lequel avait été retranscrit le texte approuvé par le chef d'antenne. Il ralentit le défilement du bobineau en s'apercevant qu'Alcine ne portait pas le regard dans sa direction.

Au lieu de cela Alcine leva les yeux droit sur la caméra n° 2, sortit un papier de sa poche intérieure et le déplia devant le micro. Tous les membres de l'équipe technique improvisaient en suivant chacun de ses gestes. Le réalisateur se concentrait sur ses manettes.

— Chers amis. Je devais vous parler ce soir, pour inaugurer cette nouvelle émission de FR3 - Provence-Côte d'Azur, des problèmes soulevés par le tracé de ce que d'aucuns ici appellent la Très Grande Vérole...

» Je sais que je vais décevoir nombre d'entre vous, mais j'aimerais vous raconter, à la place, une histoire qui me tient particulièrement à cœur. Il y a un siècle l'un de mes ancêtres a monnayé cinq ans de sa vie sur les bateaux-navettes qui ramenaient l'huile de palme d'Afrique. Tout cet argent est passé dans l'achat d'un champ de cailloux, sur les hauteurs de Saint-Denisse. A l'époque personne ne s'intéressait à ce coin déshérité et seuls les gosses de pêcheurs, les fils d'Italiens et les fous se trempaient le cul dans les calanques.

» Homme, femme, enfant, vieillard, les Tolana ont chacun ramassé mille fois leur poids de chair et de sang avant de presser le premier litre de vin.

» Aujourd'hui le bled perdu de Saint-Denisse est devenu un port à la mode. Les yachts ont remplacé les barcasses et l'odeur des crèmes solaires celle du poisson. Les touristes venus du Nord photographient nos vieux comme si nous étions une espèce en voie de disparition, tandis que leurs anciens réchauffent leurs carcasses au balcon des milliers de résidences-mouroirs qui transforment les côtes en cimetière de béton. Grâce au T.G.V. et son record de 530 kilomètres/heure nous décrocherons peut-être d'ici peu le marché des agonisants ! Imaginez les slogans des agences de pub :

Que le dernier souffle, emporté
Dans les parfums du vent d'été,
Soit un soupir de volupté.
C'est bien sûr ce que vous assure,
L'éternité en Côte d'Azur.

« Tout comme vous je ne suis pas ici pour mourir mais bien pour vivre ! La terre que j'ai reçue en héritage est à son tour menacée. La mairie et la préfecture l'ont revendue, en sous-main, à un promoteur, Sudinvest, après que ce dernier eut accepté de rétrocéder à bas prix des terrains sur lesquels lorgnait la S.N.C.F. Je n'aurais rien dit si cela avait été motivé par l'intérêt commun, mais une enquête très approfondie m'a permis de découvrir les liens familiaux et financiers existant entre tous les acteurs de cette véritable spoliation. Je vous en parlerai la semaine prochaine, à la même heure, sur cette même antenne. A bientôt.

Un silence de musée régnait sur le plateau quand l'ingénieur du son coupa la musique d'ambiance et l'injecta sur le seul circuit de diffusion. Les regards s'évitaient. Toutes les personnes présentes dans le studio, têtes baissées, se plongeaient dans leur travail comme un équipage sentant venir la tempête. Seule Dominique Rotivalaci vint à la rencontre d'Alcine qui, la cravate desserrée, le col grand ouvert, se nettoyait le visage au demake-up. Elle lui sourit puis plissa le nez en relevant les épaules, manière de dire que la catastrophe était imminente. Il se contenta de lui adresser un clin d'œil. Ils n'eurent pas le temps d'échanger leurs impressions que la porte s'ouvrit violemment et que le chef d'antenne apparut, suivi d'un type minuscule, au teint rose, nommé par Paris quelques mois avant les municipales

— Vous êtes complètement dingue, Tolana ! Qu'est-ce qui vous a pris ? Ce n'est pas du tout le texte que vous m'avez soumis que vous avez lu à l'antenne... Vous voulez tous nous faire sauter ou quoi ?

Alcine se tamponna les joues avec la lotion calmante, pour éviter les rougeurs. Les techniciens retenaient leurs gestes et observaient la scène, par en dessous.

— Soyez franc : si je vous avais mis ça sous les yeux, où est-ce que ça aurait fini ? A la poubelle... Votre petit caniche m'aurait expliqué que nous ne sommes pas là pour intervenir dans le débat politique, et qu'en plus le public risquait de penser que je me servais de ma notoriété pour régler à mon avantage une affaire personnelle... Faites ce que vous voulez, j'ai ma conscience pour moi...

— Votre « notoriété », comme vous dites, ne repose sur rien, Tolana. C'est nous qui l'avons construite, jour après jour, et nous pouvons la détruire cent fois plus rapidement. Les bonimenteurs de télé, c'est du vent. Vous finirez comme Danièle Gilbert, à vendre des bagouzes à la sauvette. Je rédige un rapport pour Paris. En attendant vous êtes interdit d'antenne et de conférence de rédaction.

Dans la demi-heure qui suivit la mise au placard d'Alcine, le standard de la station sauta sous un déluge d'appels. Un véritable plébiscite. C'est par centaines que les téléspectateurs réclamaient une rediffusion du sujet, afin de l'enregistrer et d'en faire profiter les amis. A dix-neuf heures trente une foule compacte se pressait devant les portes des studios, et le bar du *Bédouin-du-Vaucluse* ne désemplissait pas. Si le lendemain matin la presse locale tenue d'une poigne de fer par ceux-là mêmes qui « aménageaient » la côte ne soufflait mot de l'émission, les quotidiens nationaux réservaient une place importante à l'incident. *Libération*, sous la double signature de Paul Quéfier et de Marie-Eve Charmante, consacrait un édito de troisième page au clash de Tolana intitulé : « Vers la fin de la télé-croupion ? » et qui filait une longue métaphore sur la révolte de l'homme-tronc refusant de vivre à genoux. *L'Humanité* émettait des doutes sur la sincérité d'Alcine Tolana, rappelant sa très longue collaboration avec les gens qu'il dénonçait soudain. Le philosophe Arnold Spirou, ancien directeur de *Pif-Gadget*, terminait son article sur cette phrase définitive : « Au moment où la presse se débat dans d'immenses difficultés, où le pouvoir socialiste laisse mourir la Cinq, ce ne sont pas des initiatives individuelles, si courageuses soient-elles, qui permettront à la France de disposer d'une information libre et pluraliste, en accord avec le monde dans lequel nous vivons, mais l'action déterminée de tous les gens de ce pays, quelle que soit leur opinion, ensemble avec les communistes. »

Chaque jour de la semaine les lettres de soutien arrivèrent par milliers. Les sacs postaux s'entassaient dans le hall de la station, les tags fleurissaient sur les murs pour célébrer le courage de Tolana. Le jeudi, veille de la chronique d'Alcine, l'adjoint au teint rose reçut des instructions directes de Bouyrgues. Les prochaines échéances électorales ne montraient pas encore le bout de l'urne. Il fallait contenir le phénomène et se saisir de la première erreur pour régler définitivement le problème. La stagiairc soupçonnéc d'avoir préparé les dossiers de Tolana avait été mutée à l'antenne de Saint-Pierre-et-Miquelon. Les Renseignements généraux épluchaient le passé de Tolana, de sa femme, de ses proches afin de compléter utilement les fichiers communs du *Méridional* et du *Provençal*. L'adjoint briefa le directeur d'antenne qui convoqua Alcine.

— Nous sommes disposés à vous permettre de poursuivre votre chronique... Je ne vous cache pas que le président Bouyrgues suit personnellement cette affaire et, s'il considère que le service public s'honore à prendre à bras-le-corps les problèmes de société, à les traiter à chaud, il ne peut s'autoriser, au risque de se discréditer, à engager de vaines polémiques, à jeter des noms en pâture... Vous me comprenez ?

Alcine Tolana ne se donna pas la peine de répondre. Il se leva et s'enferma dans son bureau pour rédiger le billet du lendemain.

Sur le plateau chacun s'ingéniait à lui témoigner de la sympathie. La maquilleuse ouvrait une boîte de crème neuve, l'ingénieur du son évitait de mettre sa cravate de travers en épinglant le micro, les cameramen lui faisaient des signes, on lui tapotait le dos, une bouteille d'eau fraîche avait été cachée sous le bureau, en cas... Le rouge mis, il entra sur le plateau en traînant deux énormes sacs postaux bourrés à craquer et les hissa sur d'autres, empilés sous la fenêtre ouverte sur la campagne provençale. La flèche orangée d'un T.G.V. courba les champs de lavande.

— Bonsoir. Autant vous dire tout de suite que sans vous *(il pointa son doigt sur le courrier)*, sans votre soutien, cette émission se serait arrêtée à son premier numéro. Avec les informations contenues là-dedans j'ai de quoi fêter l'an

2000 à l'antenne sans avoir besoin de mettre le nez dehors ! L'intérêt que vous avez manifesté à l'écoute du début de l'histoire du champ des Tolana a conduit ma direction à vous en offrir la suite. J'ai dû promettre de ne pas prononcer de noms, alors avant de commencer j'espère que je saurai tenir ma langue et que, par exemple, quand je dirai M. le Maire je n'ajouterai pas Roberti... Cette semaine je me suis plus particulièrement penché sur la société Sudinvest, celle qui va, le plus légalement du monde, faire main basse sur la plus belle partie de ma propriété. Elle est dirigée par une femme, ce qui est une excellente chose dans les affaires, car elles ont la possibilité de changer de nom... La dame Fallaci en question a convolé trois fois en justes noces, ce qui lui a permis de disposer de quatre noms différents, le sien et ceux de ses trois maris : dans l'ordre, nom de jeune fille Passeti, puis noms de femme, Torlando, Merilès et enfin Fallaci. En consultant les registres de la chambre de commerce des Alpes-Maritimes, on trouve une cinquantaine de sociétés de promotion immobilière dirigées par ces quatre familles. De plus l'avant-dernier mari, Mérilès, décédé d'une crise cardiaque des plus normales, n'est autre que le beau-frère de M. le Maire, Mme Roberti étant née Mérilès... En fait l'homme qui, au nom du Peuple français, m'expulse pour cause d'utilité publique, est le même qui par belle-sœur interposée rachète ma terre à bas prix ! La semaine prochaine je m'intéresserai plus spécialement aux trois courbes mystérieuses que décrit le tracé du T.G.V. dans le Var, à l'approche des propriétés de deux anciens premiers ministres et d'un actuel dirigeant de la S.N.C.F. Bonsoir et encore merci de votre soutien.

Alcine Tolana quitta le studio sous les applaudissements des techniciens. La standardiste était parvenue à établir la liaison avec Miquelon et il put échanger quelques mots, par-delà océans et continents, avec Dominique Rotivalaci qui rentrait d'un reportage sur les nouveaux terre-neuvas. Elle lui promit, avec un rire un peu triste, de lui envoyer une cassette révélant les immondes dessous du trafic de l'huile de foie de morue.

Dix semaines d'affilée, « Le Mot d'Alcine » fit exploser les indices audimat de FR3, battant régulièrement « Une famille en or » et le « Top 50 » réunis. La publicité rentrait par wagons et ce ne fut pas un des moindres paradoxes que de voir un spot de Sudinvest s'incruster dans ce créneau porteur ! Les Provençaux ébahis en apprirent davantage l'espace d'un trimestre qu'au cours des décennies écoulées. Les mutuelles, les cliniques, les trusts du béton, les décharges contrôlées, les concessions d'autoroute, les marchés publics, les cantines scolaires, les pompes funèbres, les bureaux d'études, livrèrent une partie de leurs secrets. Le nom de Roberti fut prononcé une moyenne de cinq fois par émission avec une pointe de huit citations lorsqu'il fut question de la mafia des maisons de retraite et des captations d'héritage. Des armées d'avocats se repassaient les cassettes en boucle, remplissant des cahiers entiers de notes, griffonnant sur leurs calepins, saturant leurs dictaphones de confidences, consultant leurs codes, compulsant leurs compilations de jurisprudences... Leurs clients intentaient des actions en diffamation pour tenter de calmer le jeu, tout en sachant qu'ils se désisteraient avant le procès, de peur de voir Alcine Tolana ouvrir en public les petits dossiers de couleur qu'il disposait bien en évidence à la gauche de son bureau, chaque début d'émission, et sur lesquels était écrit au feutre noir le mot le plus obscène de la langue française : PREUVES.

Les différents pouvoirs qui se satisfaisaient jusque-là de Roberti et de ses méthodes le lâchèrent avec un bel ensemble au milieu du gué. Le signal consista en un minuscule écho de dernière page du *Méridional*, son plus fidèle relais dans l'opinion. Le journaliste anonyme planqué derrière le pseudonyme d'Aurioli se demandait ingénument si la mainmise d'un clan sur une région promise au bel avenir de « bronze-culs » de l'Europe n'était pas un handicap à son développement. Trois jours après, on apprenait lors d'une conférence de presse du premier adjoint de Saint-Denisse, François Espassi, que Roberti avait répondu positivement à l'invitation de son ami José Escomar, gouverneur de la province colombienne de Medellín, et qu'il se démettait de tous ses mandats électifs.

Ce fut le lendemain, un mardi froid et pluvieux, qu'Alcine Tolana fut abattu de trois balles de fusil à canons sciés dans les rues de Toulon, par un tueur juché à l'arrière d'une moto de forte cylindrée. Les deux assassins casqués prirent la fuite en fonçant dans la foule massée sur le trottoir et disparurent vers l'arsenal. Le soir toutes les chaînes nationales rendirent hommage *à ce confrère dont l'action avait rendu leur fierté à tous les journalistes de France* (P.P.D.A. sur TF1), *à cet homme libre qui avait su extirper de son esprit toute trace d'autocensure* (Paul Amar sur FR3), *à Alcine, ce localier lâchement alçassiné* (Bruno Masure sur A2). Le journal régional diffusa un best-of des « Mots d'Alcine » puis les membres de l'équipe, tétanisés, se séparèrent sans un mot en songeant avec effroi au vide que la mort de Tolana provoquait dans leur vie. Tous réalisaient la place démesurée qu'avaient prise dans leur existence ces cinq minutes hebdomadaires de vérité, et ils voyaient avec terreur venir l'état de manque du vendredi... Le directeur d'antenne ne mit pas longtemps à donner les signes du raffermissement de son autorité. Dès le mercredi il imposait sa présence sur le plateau, flanqué de son adjoint que tout le monde n'appelait plus, en privé, que Grouin-Grouin ou le Grand Méchant Cochonou.

Le vendredi, le présentateur de la chaîne nationale lança les vingt-trois éditions régionales, les dédiant toutes au journaliste assassiné, puis les antennes éparpillèrent la mosaïque des journaux locaux. Le rédacteur du « Provence-Côte d'Azur » énuméra les différents sujets traités pour conclure, à l'étonnement général, sur ces mots :

— Et en fin d'émission, comme chaque semaine, la suite de notre chronique, « Les Mots d'Alcine », écrite et produite par notre ami Alcine Tolana.

Tout d'abord on crut à une erreur, mais le doute s'installa dans les esprits... Ceux qui étaient présents devant leur récepteur se jetèrent sur le téléphone, rameutant leurs amis, leurs connaissances. A dix-neuf heures vingt-sept, il n'y avait jamais eu autant de monde à l'écoute du 19-20 quand le générique de la chronique commença à défiler sur l'écran. La fenêtre ouverte sur les champs de lavande apparut tout d'abord, puis la caméra pivota sur le bureau dont on ne vit, un moment, que le coin rempli de dossiers multicolores. Tous retenaient leur souffle, conscients d'assister à l'un de ces moments rares qui s'inscrivent dans la mémoire des peuples. Le plan s'élargit enfin pour découvrir une marionnette en latex reproduisant fidèlement les traits d'Alcine Tolana, fabriquée par les créateurs des Guignols de Canal+. La poupée prit une feuille de papier entre ses doigts articulés, la déplia lentement, parcourut le texte du regard, puis la voix d'Alcine Tolana, imitée à la perfection par Jean Roucas, s'éleva dans le studio.

LA CHANCE DE SA VIE

Le gamin ramasse ses billes, court et vient s'asseoir sur la pierre du tertre, près du grand-père qui fouille dans sa besace. Il en extrait une boîte ronde qu'il ouvre sur un air de violon, vaguement cajun, et tend une portion de pâte de fromage à l'enfant. Solo d'harmonica tandis que la signature s'inscrit sur fond de ciel bleu au-dessus de la tête blonde et du crâne chenu :

« Camembille, le fromage de la Famille. »

Doup, doup, doup...

Le couple valseur multicolore fait trois petits tours avant de s'immobiliser sur le moniteur de contrôle. Fin des dix minutes réglementaires de publicité d'après journal. Puis une brunette, joues à fossettes, peu habituée au téléprompteur, bafouille la météo, alternant anticyclope s'installant sur la face ouest, températures fragiles pour la saison, et danger d'avalanche sur les périnées. La régie envoie rapidement la page calendrier et lui coupe le son, de peur de voir le saint du jour, Séverin, cuisiné en savarin. L'indicatif de « La Chance de ma vie », un remix digitalisé du *Arcueil song* de Satie, comme on peut l'apprendre lors du déroulement du générique de fin, vient rompre le silence. Les portraits de saint Martin, saint Vincent de Paul, de mère Teresa, de Coluche, du docteur Schweitzer, de l'abbé Pierre, de Line Renaud et de Bernard Kouchner tourbillonnent sur l'écran. Ils se mélangent, se démultiplient, et viennent se coller, tels des timbres de collection, sur une immense feuille de parchemin. Le plan s'élargit pour dévoiler le « Livre de la Solidarité ». Les parrains de l'émission se statufient dans leurs cases. La page se tourne dans un froissement de papier et apparaît le visage poupin et grave à la fois de Jacques Pramarre. Les commissures des lèvres se soulèvent pour l'ébauche d'un sourire tandis qu'en incrustation l'animateur du show marche jusqu'au centre du dispositif scénique où l'attend, dans une sorte de boule de pénombre, l'invitée de la semaine. Jacques Pramarre qui occupe maintenant toute la surface des téléviseurs s'arrête au bord de la frontière lumineuse pour fixer la caméra. Le public réparti sur cinq rangées de gradins obéit avec un bel ensemble au panneau électronique qui commande de mettre fin aux applaudissements.

— Bonsoir. Nous sommes ce soir en direct de Valenciennes. Je vous remercie d'être toujours plus nombreux à être fidèles à notre rendez-vous hebdomadaire. En six mois d'existence notre émission a permis à des dizaines de gens sans espoir de saisir LA CHANCE DE LEUR VIE...

Le panneau réclame quelques bravos et le public s'exécute avec enthousiasme. Le présentateur fait un pas vers l'ombre.

— Ces dizaines d'hommes et de femmes ne croyaient plus en rien, l'existence leur apparaissait comme un tunnel sans fin, une marche vers l'inconnu, jusqu'à ce qu'ils se disent un soir en regardant cette émission : « Et si j'avais encore UNE CHANCE DANS LA VIE ! »

A ce moment précis, cent projecteurs s'allument, la lumière inonde le plateau, effaçant comme par miracle la caverne obscure où se tient l'invitée. Jacques Pramarre est déjà près d'elle. Il lui signale discrètement la présence d'un micro posé sur l'accoudoir du fauteuil et elle s'en saisit, confuse d'avoir oublié les recommandations faites lors de la répétition.

— C'est ce que vous vous êtes dit, Adélaïde ?

La femme, cinquante ans, courtaude, la face aplatie, cachée derrière d'énormes lunettes se met à parler dans le vide. L'animateur lui relève le bras, d'autorité, pour placer le micro devant sa bouche.

— Oui, c'est ça, monsieur Pramarre... En voyant votre émission j'ai pensé que tout n'était peut-être pas perdu...

Il se penche, sollicitant les mots appris par cœur.

— Et que... et que...

Adélaïde hoche la tête, se rappelant la formule magique.

— Et que je devais saisir LA CHANCE DE MA VIE !

Les hourras de commande démarrent sur la gauche, l'attention des spectateurs placés à droite étant retenue par le passage éclair de Mylène Farmer qui doit mimer son dernier tube en direct, avant la première page de pub. Jacques Pramarre, occupé à caler Adélaïde dans son fauteuil, ne s'est aperçu de rien. Il s'assoit à son tour et dans un silence compact commence, de sa voix modulée, par raconter la première partie de la vie de son invitée avant de passer à l'interview.

— En 1970, Adélaïde est une jolie jeune femme de trente ans passionnée par la compétition sportive. Elle pratique la natation, la varappe. Elle a même fait partie, une saison, de l'équipe de football du collège... Elle rêve de ski nautique... Il lui arrive quelquefois d'accompagner son père de Valenciennes au Quesnoy : vingt kilomètres à pied, aller-retour, au travers des faubourgs ouvriers, des usines en brique rouge si typiques de cette région du Nord. Le week-end elle se rend, avec ses amies, dans les fêtes, les bals de la région et danse sur les tubes des Beatles, de Johnny Hallyday ou d'Adamo. Elle a brillamment obtenu son C.A.P. de sténo-dactylo, et travaille depuis maintenant dix ans dans une des centaines de petites entreprises qui, ici, fabriquent les articles des grosses entreprises de vente par correspondance. Cela vous plaisait ?

— Oui, ça me plaisait bien. Mon diplôme ne m'a pas servi à grand-chose... Je n'ai jamais aimé le travail de bureau. Là, on taillait, on assemblait des costumes, des ensembles, pour La Redoute ou pour Blanche-Porte. Un pantalon, une veste, une jupe... Ça changeait tous les jours.

— Et c'est un soir, en sortant du travail, qu'Adélaïde glisse sur les trop fameux pavés du Nord, hantise des coureurs du Paris-Roubaix. Elle chute lourdement et se blesse au genou. Ce qui n'est alors qu'un banal incident va très rapidement se transformer en tragédie. Les radios pratiquées à la clinique montrent que le ménisque est touché et qu'une intervention est nécessaire. Adélaïde entre le 10 décembre 1970 à l'hôpital de la Conciliation. On lui a vanté les mérites d'un chirurgien qui a fait ses études aux U.S.A. Un crack, un spécialiste dont elle ignore toujours le nom vingt et un ans après les faits ! C'est donc en toute confiance, rassurée par l'auréole des études outre-Atlantique, qu'elle se laisse emmener en salle d'opération, accompagnée par son frère qui, coïncidence, travaille là comme infirmier. On lui promet que c'est l'affaire d'une semaine...

Jacques Pramarre a parlé deux minutes, retenant le débit de ses paroles pour les ajuster aux images de pavés, d'usines, de couloirs d'hôpitaux que transmet la régie parisienne et qu'il voit sur son moniteur de contrôle. Un signal clignote dans le coin supérieur droit de l'écran, indiquant la fin de la première série de reportages. Il se lève et vient se placer près d'Adélaïde. La caméra zoome sur l'impressionnante chaussure de cuir renforcée qui lui enserre le pied et la cheville. Il s'assoit sur l'accoudoir.

— Adélaïde se réveille, plâtrée de la cheville jusqu'à la cuisse, et se plaint de douleurs lancinantes. On ne lui donne pas d'explications. Non ! Bien au contraire, on la traite de « douillette », on la gave de calmants, et ce n'est que trois semaines plus tard qu'un interne prend sur lui d'ouvrir le plâtre. La gangrène s'est installée. Une artériographie pratiquée à ce moment-là établit qu'une artère, dite poplitée, pourtant relativement distante du ménisque, a été malencontreusement sectionnée lors de l'intervention chirurgicale. Ce rapport d'une importance capitale pour la suite de notre histoire s'est évanoui pour ne plus jamais réapparaître, et notre équipe n'a pu obtenir que le témoignage de deux ex-employés de l'hôpital établissant son existence.

Le téléviseur de contrôle affiche le temps cumulé des deux interventions, une minute trente. L'animateur avale d'un trait le verre de gin-tonic caché sous son siège et sourit à Adélaïde en évitant de lui adresser la parole, ce qui, a-t-il vérifié, a plutôt tendance à augmenter le trouble de ses invités. Juste un sourire, l'air de dire « Courage, on va les avoir ! ».

La pause prend fin. L'écran se remplit d'un paysage de mer tandis que la voix de Jacques Pramarre ondule sur les flots.

— Adélaïde est réopérée d'urgence. On évite l'amputation de justesse. Son séjour à la Conciliation est prolongé de six mois puis elle est transférée à Berck, en convalescence. Vous aimez la mer ?

— Ça dépend laquelle... J'y suis restée plus d'un an... C'était sinistre, on appelait notre bâtiment l'« hôpital des courants d'air »... On tenait le coup en organisant de petites fêtes entre nous, on achetait un peu de vin et des cigarettes...

Le présentateur fronce les sourcils. La municipalité de Berck a sponsorisé le tournage du plan de coupe, et aux répétitions il était bien clair qu'on devait dire du bien de Berck. La voix se fait plus métallique.

— Adélaïde rentre à Valenciennes, fin 72, et survit grâce aux demi-journées de longue maladie versées par la Sécurité sociale. Elle tire un trait sur le sport, la danse, dissimule son handicap sous des bottes montantes et des pantalons, ne se sent bien que dans l'obscurité des salles de cinéma. Elle ne supporte pas le regard des gens dans la rue, fait des complexes. Quelquefois ses amies parviennent à la traîner au bal et c'est un 14-Juillet, sous les lampions, qu'elle fait la connaissance de son futur mari. Le mariage a lieu l'année suivante, entre deux hospitalisations. Peu après Adélaïde, enceinte, est mise en invalidité minimum. Elle touche quelques centaines de francs par mois. Il faudra le hasard d'une conversation pour lui faire prendre conscience qu'elle a été victime d'une bavure médicale et qu'on lui doit réparation. Mais ce ne sera pas encore LA CHANCE DE SA VIE !

Jacques Pramarre s'élance vers l'avant du dispositif scénique tandis que les projecteurs s'éteignent, renvoyant Adélaïde dans le néant. Il tire le rideau pour laisser le passage à Mylène Farmer qui, curieusement revêtue d'une robe de bure, salue, buste incliné, sous les bravos.

— Inutile de vous présenter Mylène Farmer qui a su saisir LA CHANCE DE SA VIE et qui, depuis, ne la lâche plus ! Qu'est-ce que vous allez nous interpréter ?

— Un extrait de mon nouvel album... Ça s'appelle *La Soutane aux orties...*

La robe de bure ne reste pas plus de trois accords sur les frêles épaules de la chanteuse, et la France entière est en mesure de répondre à la lancinante question : « Est-ce une fille ou un garçon ? » La musique couvre avantageusement les paroles pour adolescents boutonneux, puis les huit minutes réglementaires de spots du premier écran publicitaire inondent le pays de barres chocolatées nauséeuses, de monsieur overdose Lechat et sa machine sans phosphate, de cent pour cent de gagnants ayant tenté leur chance, de friteuse sans odeur, de plats surgelés et de voitures à vivre.

Jacques Pramarre en a profité pour aller pisser dans le seau que le machino lui prépare toujours derrière les décors. Ça l'inquiète mais son autonomie se réduit d'année en année... Il faut qu'il y aille une fois par heure. Les examens n'ont rien donné, le toubib attribue le phénomène au stress permanent dans lequel il vit... Personne n'est au courant, heureusement. Ce fichu dysfonctionnement l'a conduit, six mois plus tôt, à refuser, provoquant l'étonnement général, de remplacer Sérillon pour animer le « Téléthon ». Sa participation à l'émission durait près de deux heures, en direct. Un coup à saloper d'urée le costard prêté par Daniel Hechter en échange de deux ou trois allusions clandestines à la marque.

Le chef éclairagiste réitère le coup de la caverne emprisonnant Adélaïde et la soudaine révélation de son existence. Le présentateur la prend par l'épaule et l'amène au plus près du public.

— Alors Adélaïde, cette conversation ? C'était quoi ?

— J'ai rencontré une femme qui avait eu un accident, toute jeune, dans une fête foraine... Une auto-tamponneuse lui avait abîmé la jambe. Elle a porté plainte des années plus tard et a gagné son procès... Elle m'a appris qu'on peut intenter une action en dommages et intérêts jusqu'à trente ans après les faits...

— C'est bon à savoir... Adélaïde s'adresse alors à un conseiller juridique de la Ville de Valenciennes qui s'acharne à la décourager. Elle ne peut savoir qu'elle a frappé à la mauvaise porte : à l'époque la Ville, gestionnaire de l'hôpital, est juge et partie ! Une année passe encore avant qu'Adélaïde ne se décide, en 1979, à porter plainte contre X au commissariat de son quartier. On compatit, mais le dossier se perd dans les sables mouvants des procédures. En désespoir de cause elle envoie courrier sur courrier à la Présidence de la République et, fin 1981, dix ans après les faits, on retrouve trace des papiers égarés. L'avocat d'Adélaïde obtient des confidences : le chirurgien bardé de diplômes américains n'avait pas opéré sa cliente, et le « travail » avait été confié à un assistant... Le tribunal administratif de Valenciennes ordonne une expertise et le professeur Busbarre constate, il n'est jamais trop tard pour bien faire, que l'artère a été sectionnée. L'hôpital de la Conciliation demande une contre-expertise : Adelaïde est examinée par un médecin légiste, un spécialiste des autopsies, qui produit des conclusions inverses. Il faudra procéder à un troisième examen, hors du cercle de connaissances des chirurgiens du Valenciennois, à Amiens, pour que le tribunal puisse juger en toute sérénité. Le 17 décembre 1986, considérant que *le sectionnement de l'artère poplitée est imputable au praticien qui a opéré, ce qui constitue une faute grave de nature à engager la responsabilité du centre hospitalier*, l'hôpital de la Conciliation est condamné à payer 50 millions de centimes de dommages et intérêts à Adélaïde, autant à la Sécurité sociale qui s'est portée partie civile. Ces sommes portent intérêts depuis 1981, et Adélaïde reçoit en fait 75 millions de centimes. Elle règle les honoraires des avocats et s'estime tirée d'affaire. Elle offre à ses deux enfants les jouets et les vêtements qu'ils se contentaient de regarder dans les vitrines, et le couple se décide à acheter le logement qu'il loue, rue des Bigorneurs. Tout est bien qui finit bien, pourrait-on dire... Et les téléspectateurs doivent se demander ce que nous faisons là, ensemble, si vous avez déjà saisi LA CHANCE DE VOTRE VIE ! Que s'est-il passé, Adélaïde ?

Une larme coule sur la joue de l'invitée. Elle passe le doigt sous la monture de ses lunettes et l'écrase avant qu'elle ne bifurque sur son nez.

— Le ciel m' est tombé sur la tête en 1989 quand on m'a appris que l'hôpital de la Conciliation avait décidé de faire appel au jugement...

Jacques Pramarre agite un épais dossier devant l'objectif de la caméra n° 1.

— En effet, Adélaïde est convoquée à Nancy. La cour d'appel administrative revient sur les décisions précédentes et refuse d'admettre la réalité de la bavure médicale. Il s'agit tout au plus d'une *erreur de manipulation qui ne peut être regardée comme constituant une faute lourde.* En clair Adélaïde n'a pas été charcutée par un débutant, les soins postopératoires n'ont tout simplement pas été à la hauteur ! En conséquence les dommages sont ramenés au strict minimum et Adélaïde est sommée de rembourser le « trop perçu », six cent mille francs, plus les intérêts sur cinq ans. Son avocat pianote sur sa calculette et lui annonce le résultat : HUIT CENT MILLE FRANCS ! Quatre-vingts millions de centimes... Comment avez-vous réagi à cette nouvelle ?

— J'étais assommée, comme un boxeur K.-O. debout... Je suis LEUR victime et je me retrouve dans la position d'une criminelle. J'ai demandé réparation et les erreurs de la justice, ajoutées à celle de la médecine, me condamnent au désespoir... Je ne dispose pas de cette somme. Nous ne possédons rien d'autre que la maison et les objets qui s'y trouvent... L'huissier peut venir d'un moment à l'autre et tout nous prendre, nous jeter à la rue ! Et tout ça parce qu'un jour j'ai fait confiance à un médecin.

Jacques Pramarre passe son bras sur les épaules de son invitée qui ne parvient pas à détacher son regard de la moquette gris-bleu.

— Vous comprenez maintenant pourquoi nous sommes venus à Valenciennes auprès d'Adélaïde. Son cas n'est pas unique. On estime à quatre mille les procédures engagées chaque année en France pour faire reconnaître une erreur médicale ou chirurgicale. Très peu aboutissent car la loi impose au plaignant de faire la preuve de la faute du médecin. C'est ce qu'ont réussi les hémophiles contaminés par le virus du SIDA à la suite de transfusions. Une victoire isolée. Depuis plusieurs mois une proposition de loi a été déposée à l'Assemblée nationale. Elle tend à moderniser la législation française en obligeant les chirurgiens à prouver qu'ils ont exercé en conformité avec l'art médical. Il ne semble pas que ce soit une priorité.

»Pendant ce temps Adélaïde est assise devant sa table, les yeux braqués sur la porte, ne sachant trop comment elle réagira quand l'huissier viendra lui réclamer les huit cent mille francs qu'elle a perdus à la loterie de la vie. Vous seuls pouvez la sortir du désespoir et lui offrir LA CHANCE DE SA VIE ! Pendant une heure vous pouvez apporter vos dons dans les mairies, les commissariats, les magasins Casifour qui restent spécialement ouverts pour soutenir notre mission... Nous ferons le point après la diffusion de l'épisode de notre feuilleton « Columbo » intitulé ce soir « C'est au pied du mur... ». Bien entendu, si les sommes recueillies dépassent les huit cent mille francs dont a besoin Adélaïde, le surplus sera équitablement partagé entre les diverses associations humanitaires qui viennent en aide aux victimes de bavures médicales.

Le flic en imper cradingue dissémine ses cendres de cigare sur toutes les moquettes des décors, se tape le front une centaine de fois en pensant à sa femme, rouvre une quantité de portes qu'il vient tout juste de refermer, fait hoqueter sa 403 pourrie en laissant une vitesse enclenchée au moment de démarrer... Au bout de cinquante minutes il apparaît devant le promoteur indélicat qui vient de garer son Oldsmobile près d'un énorme viaduc enjambant trois autoroutes. Les phares de la Peugeot trouent la nuit.

Columbo : Bonsoir, monsieur Bridget... Heureux de vous revoir...

Bridget : Mais que faites-vous ici, lieutenant... Je ne comprends pas...

Columbo : Je crois que je pourrais vous poser la même question... Vous venez vérifier le travail de vos ouvriers ?

Bridget, avec un sourire de faux jeton : Vous plaisantez, j'espère...

Columbo, écrasant son mégot contre le talon de sa chaussure : Non, hélas... Il y a une demi-heure j'ai obligé votre associé, Harrisson, à téléphoner chez vous. Il a fait semblant d'être fébrile, angoissé, et vous a dit qu'un camion s'était jeté contre une pile du viaduc... Qu'on voyait tout et qu'il fallait réagir avant qu'il ne soit trop tard... Vous vous souvenez de ce coup de fil, n'est-ce pas... J'étais à l'écouteur...

Bridget, très inquiet : Bien sûr... C'est pourquoi je suis venu aussitôt m'assurer qu'il n'y avait pas de danger pour l'inauguration du pont, demain matin, par le gouverneur...

Columbo : Vos scrupules vous honorent, monsieur Bridget, mais expliquez-moi pourquoi vous êtes venu droit sur cette pile du viaduc et non sur l'une des cinquante autres ?

Dans le fond les marteaux-piqueurs commencent à attaquer le béton. Une main apparaît parmi les gravats.

Jacques Pramarre montre son museau, en insert, juste avant la série de pubs *(Les plus belles valses de notre jeunesse, parfum Fousy, conserves fraîcheur de chez Bonduelle, gruyère Té...Com...Té...Com...Té...Com...)* et s'installe pour de bon dans cinq millions de salles à manger (indice de satisfaction : 15,2).

— Une fois de plus, vous avez été merveilleux ! Rien qu'à Valenciennes et dans les villes environnantes, Maubeuge, Lille, Roubaix, Tourcoing, les sommes collectées vont bien au-delà des huit cent mille francs dont Adélaïde avait besoin. Regardez cette table...

L'œil de la caméra se pose sur un amoncellement de billets, de chèques que comptabilisent deux jeunes assistantes habillées aux couleurs des magasins Casifour. Bientôt l'argent est enfourné dans une mallette ornée des chiffres de la chaîne que l'animateur remet solennellement à son invitée alors que le public, les yeux rivés au tableau de commande, se lève en hurlant de joie. On boit un champagne tiédasse en grignotant des cacahuètes. Jacques Pramarre ne cesse de consulter sa montre. Il faut bien deux heures pour retourner sur Paris, et on l'attend avant minuit au *Back Street*, rue de Ponthieu.... Il salue Adélaïde qui tient à l'embrasser.

— Merci, Jacques... Je ne vous oublierai jamais...

Une voiture la raccompagne ainsi que son précieux magot jusqu'au 12 de la rue des Bigorneurs. Le chauffeur attend qu'elle soit rentrée chez elle pour démarrer. Adélaïde traîne sa prothèse dans le petit couloir, étonnée de ne pas entendre les aboiements des deux bergers. Elle pousse la porte du salon et aperçoit Robert, son mari, ficelé sur le fauteuil à bascule. Elle tente de faire demi-tour mais une main agrippe son poignet.

— Approche, on va pas te bouffer...

Elle reconnaît Alain, son frère aîné, toujours infirmier à l'hôpital de la Conciliation, puis le père, de profil, assis devant la télé. Le vieux se lève.

— Félicitations, ma fille, tu t'es bien débrouillée. Cent briques dans la soirée, faut le faire... Ouvre la valise, qu'on y jette un œil...

Adélaïde serre son argent contre sa poitrine.

— Non, c'est pour l'huissier... Je dois le rembourser... Il peut arriver demain matin...

Frédo, le fils cadet, arrive des chiottes, dans un bruit de chasse.

— Ça ne va pas dans ta petite tête d'hirondelle ? Ils n'oseront plus venir te faire chier après le barouf que tu as fait à la télé. Les quatre-vingts patates, elles sont à nous, ils n'en verront pas la couleur... Ouvre qu'on te dit.

Le père pose la mallette sur la toile cirée et fait jouer les serrures. Les liasses alignées font naître un sourire incongru sur ses traits ravagés.

— Quatre-vingts briques... Quatre-vingts briques... J'ai jamais rien vu de plus beau de toute ma putain de vie... On divise en quatre, Adélaïde, hein... On t'a soutenue pendant toutes ces années, tu nous dois bien ça.

Il plonge les mains dans le fric, se colle des billets sur la tronche, imité par ses deux fils. Adélaïde en profite pour s'approcher des toilettes. Elle y entre le plus naturellement du monde. Une fois dans le réduit elle pousse les réserves de papier cul, les bombes aérosols, les produits de ménage. Elle saisit la crosse du fusil, un cadeau qu'elle avait fait à son mari, à l'occasion de leurs dix ans de mariage. Elle glisse quatre cartouches, deux pour chaque canon, tire la chasse et revient dans la pièce. Le père, hilare, se retourne en entendant la cataracte. Son rire se fige bien avant que la décharge ne lui défonce le front. Les deux frères n'ont pas le temps de se mettre à l'abri, la grenaille les fauche assis à la table. Posément, Adélaïde referme la mallette sur sa fortune et coupe les liens qui retiennent son mari. Il grogne quelques mots indistincts et s'écroule à terre, ivre mort. Elle découvre les cadavres des deux bergers, égorgés sur la descente de lit, dans la chambre. Les détonations ont alerté les voisins qui ont prévenu la police. Le hululement des sirènes accompagne le ballet des gyrophares. Jamais la rue des Bigorneurs n'a été aussi bien éclairée. Le commissaire ne fume pas de cigare, il ne porte pas d'imper mastic et ne roule pas en 403. Il frappe à la porte de la vedette du jour.

— Madame Adélaïde Derœck... C'est la police... Que se passe-t-il chez vous...

Adélaïde n'entend plus rien. Elle voit juste la forme humaine derrière le verre cathédrale, là-bas, vers l'entrée. Ils en veulent tous à son argent. Elle ajuste le tir et appuie sur la détente. Le commissaire ne se promènera plus jamais au pied des viaducs.

UNE QUESTION POUR UNE AUTRE

La tempête de sable s'était apaisée et ce n'était plus maintenant qu'un nuage doré qui dansait sur l'horizon.

La voix s'éloignait, faiblissait, puis elle revenait, étonnamment proche, avant d'être hachée par les crépitements. Le technicien pianotait sur ses touches en grimaçant, mais la maîtrise des ondes lui échappait. Près de lui, debout, Michel Ferriot hurlait dans le micro.

— Puisque je vous dis que ça se dégage ! Amusez-les encore pendant cinq minutes... ici tout est prêt...

Le casque ne lui renvoyait que des bribes de mots noyées dans un océan de distorsions, d'interférences. Il l'enleva, découragé, et se frotta les oreilles. L'équipe télé attendait près du groupe électrogène installé sur le camion-plateau, et les hélicos brassaient l'air de leurs pales. L'un des pilotes l'interrogea d'un mouvement de tête. Il fit semblant de ne pas l'avoir remarqué. Il s'approcha du réalisateur qui buvait un Coca-whisky, affalé sous la moustiquaire. C'était un gros type perpétuellement épuisé qui avait obtenu pas mal de succès, vingt ans auparavant, avec ses adaptations de Zola. Il s'était vite résigné à ne tourner que des séries prédigérées en utilisant au maximum les compétences de ses assistants. Il terminait sa carrière dans le direct longue distance, déguisé en globe-trotter bedonnant.

— Vous pouvez brancher la liaison satellite ?

Il posa le verre sous son siège, jeta un coup d'œil à sa montre et se leva en grognant.

— Il est neuf heures moins dix, là-bas... Vous êtes sûr d'avoir le feu vert ?

Michel Ferriot haussa les épaules.

— Je ne sais pas... on n'entend rien à la radio, la tempête de sable a tout déréglé... Je vais essayer de leur parler en direct.

Ils contournèrent la parabole ouverte sur le ciel et entrèrent dans le car-régie. Le directeur d'antenne apparut bientôt sur l'écran de contrôle, assis au beau milieu du studio parisien, un talkie-walkie à la main. Son regard chercha instinctivement une télé dès qu'il entendit la voix de Michel Ferriot.

— Allô, Paris... Alors, qu'est-ce que vous avez décidé ? Ici, on peut y aller dès que vous voulez...

Il colla l'émetteur à son oreille et consulta sa montre.

— J'ai fait caler deux dessins animés en attente et les gens ne décrochent pas de la chaîne... On bat tous les records, même avec les deux films qu'ils ont programmés en face... J'envoie le générique à neuf heures pile et vous vous accrochez derrière. O.K. ?

Michel Ferriot confirma. Cela faisait maintenant dix mois qu'il animait « Commando », et il n'avait jamais raté l'horaire, ne serait-ce que d'une seconde. Aujourd'hui la tempête de sable était presque bienvenue : le suspense renforçait son prestige. Toutes les huiles de la maison devaient être vissées à leur poste attendant de le voir apparaître entre les deux finalistes. L'émission, mensuelle, réunissait au départ deux séries de six candidats qui s'affrontaient en duels singuliers. Le cadre changeait chaque fois : le Pérou, la Chine, l'Australie... Les concurrents étaient jugés sur leurs qualités sportives, leur courage puis, en fin d'émission, sur leurs connaissances de la région choisie.

On en était au stade des finales, et la France entière se passionnait pour le match qui opposait les champions des deux séries : un pompier de Mondeville, François Lincan, et un étudiant en histoire, Patrick Presles. Depuis trois semaines les journaux s'arrachaient les photos de leurs exploits, les confidences de leurs intimes, et il suffisait qu'un hebdo télé parle avec sympathie de Lincan pour que le titre d'en face consacre sa une à Presles. Autour des comptoirs, à l'heure du café ou du Ricard, on s'affrontait : preslistes contre lincaniens. L'émission, programmée au début le jeudi soir à vingt-deux heures, pratiquement la clandestinité, s'était vue propulsée à la place de « Super soirée », le mardi en prime-time, dès que ce combat de titans s'était amorcé.

La maquilleuse se précipita vers Michel Ferriot qui sortait du car-régie pour lui essuyer le front et faire un raccord de fond de teint. François Lincan et Patrick Presles s'échauffaient les muscles en courant autour du campement. Un assistant les prévint de l'imminence du départ. Ils s'approchèrent des caméras et commencèrent à s'équiper. Le meneur de jeu vint se placer en premier plan, le micro à la main. La musique du générique, composée par Jean-Michel Jarre, satura l'ampli. Les lampes rouges s'allumèrent. Michel Ferriot se racla la gorge.

— Bonsoir et merci d'être ce soir encore au rendez-vous de « Commando ».

Il tendit le bras vers la plaine de Arafâte, en contrebas, celle-là même où Adam et Eve s'étaient réfugiés après avoir été chassés du paradis.

— Pour cette finale nous avons choisi un lieu prestigieux, La Mecque, et nous remercions les autorités saoudiennes qui ont accepté de mettre à notre disposition une partie des lieux saints. Nous nous trouvons exactement au sommet du mont Djabal an-Noûr et nos deux candidats, François Lincan et Patrick Presles, vont s'élancer dans le vide d'ici quelques minutes, et se mettre à la recherche du trésor caché dans les flancs de cette montagne. Celui qui le découvrira marquera 1 000 points mais son avantage pourra être mis en cause lors de la seconde épreuve : trois questions de culture générale valant 1 000 points chacune. Je vous rappelle que le montant de la cagnotte atteint trois cent mille francs que je remettrai personnellement au vainqueur dans moins d'une heure...

Il se tourna et donna le top du départ. Le pompier de Mondeville et l'étudiant de Jussieu soulevèrent la toile de leur parapente, cherchant le vent. Patrick Presles le trouva le premier et se mit à courir vers le bord de la falaise, bientôt suivi par François Lincan. Les ailes sponsorisées se gonflèrent et flottèrent au-dessus des centaines de milliers de pèlerins qui, six cents mètres plus bas, formaient une impressionnante masse sombre sur laquelle tranchait le blanc des campements et des rangées de cars. Deux cameramen les imitèrent, l'œil collé au viseur de leur Betacam. Les pieds raclèrent le sol caillouteux puis échappèrent à la pesanteur. Les images planantes arrachèrent des cris aux spectateurs accrochés aux accoudoirs de leur fauteuil. François Lincan s'était laissé porter par un courant ascendant et il dérivait au-dessus d'un promontoire d'une centaine de mètres de côté alors que son adversaire piquait vers le sol. Il aperçut l'entrée d'une grotte, tira sur les filins de son aile pour atterrir et réussit à se recevoir sur les jambes.

Il se confectionna une torche rudimentaire avec des brindilles et du papier ramassés aux alentours, l'alluma et pénétra dans la caverne. L'un des deux cameramen se posa à son tour et filma sa progression dans les ténèbres vacillantes. François Lincan finit par découvrir l'indice dissimulé au milieu des innombrables inscriptions en arabe qui recouvraient les parois : le sigle de la chaîne accompagné d'une flèche partant vers le bas. Il creusait la terre avec ses mains, accroupi, la rejetant entre ses jambes, comme un chien, quand la voile du parapente de Patrick Presles passa devant l'ouverture. Il se leva, piétina la torche et se remit à l'ouvrage, dans le noir. Ses doigts se refermèrent sur un objet métallique, une petite sculpture qu'il essaya d'identifier en la caressant. Il s'avança vers l'entrée de la grotte, ébloui par la luminosité en brandissant son « trésor ». Le cameraman cadra la main terreuse qui serrait le lion, mascotte du plus important parrain de l'émission. Un hélicoptère déposa Michel Ferriot sur place. Il félicita chaleureusement François Lincan et lui demanda de choisir entre deux enveloppes.

— La bleue...

L'animateur déchira le papier et fit glisser un carton.

— Attention, concentrez-vous... Chacune de ces trois questions peut vous rapporter 1 000 points supplémentaires... Première question : qu'est-ce que le Hadjdj ? Je vais épeler : H.A.D.J.D.J. C'est assez compliqué, je l'admets, mais rappelons que trente millions sont en jeu...

François Lincan ferma les yeux et gonfla ses joues. Les trente secondes, une par million, défilèrent au bas des écrans, dans le plus profond silence. Michel Ferriot consulta sa fiche.

— Il s'agissait du grand pèlerinage que les croyants effectuent à La Mecque. Vous ne marquez pas les 1 000 points... Deuxième question : les musulmans ne vivent pas selon le même calendrier que nous. L'ère de l'Islam débute par l'émigration du prophète vers Médine... Sommes-nous actuellement au XIVe, XVe ou au XVIe siècle de l'Hégire ?

François Lincan fit la même mimique que lors de l'énoncé de la question précédente puis il rouvrit les yeux et se mit à rire.

— XVe siècle. J'en suis sûr.

Le meneur de jeu lui attribua les 1 000 points et lut la dernière question.

— Un mari peut-il interdire à son épouse d'effectuer le pèlerinage à La Mecque ? Prenez votre temps...

Des images de femmes voilées, de harems, se bousculèrent dans son esprit. Il hésita et prononça faiblement :

— Oui... Je crois...

Michel Ferriot laissa échapper un soupir de regret.

— Hélas, la réponse était non. Aussi surprenant que cela puisse paraître, l'épouse peut passer outre à l'interdiction de son mari... Vous totalisez donc 2 000 points et tout est encore possible...

Il se dirigea vers Patrick Presles.

— Approchez... Si vous répondez à ces trois questions, vous serez le premier super champion de « Commando ». Prêt ? Allons-y : citez-moi au moins quatre pays ayant une frontière commune avec l'Arabie Saoudite.

— Les deux Yémen, celui du Nord, celui du Sud, le Koweit, l'Irak et la Jordanie...

Un large sourire illumina le visage de Michel Ferriot.

— Bravo. 1 000 points. Vous avez accompli le tiers du chemin... Dans quelle ville le prophète Mohamed est-il enterré ?

Le jeune étudiant ouvrit la bouche, la referma, bafouilla.

— Ba...ba... eh... ka.. eh...

L'animateur était sur le point de défaillir mais le candidat se reprit.

— Euh... je pense que c'est Médine...

Il empocha 1 000 points de plus et répondit sans hésitation à la dernière question qui portait sur le principal monument de La Mecque, la Ka'ba. Michel Ferriot exhiba solennellement un chèque de sa poche de veste et le lui remit. Près de l'entrée de la grotte où il triomphait moins d'un quart d'heure plus tôt, François Lincan, oublié de tous, pleurait en silence.

Il rentra en France, démissionna des pompiers de Mondeville et rompit tous les liens qui le retenaient à sa famille, ses amis, ne supportant plus la moindre allusion à sa défaite retentissante sur les pentes du Djabal an-Noûr. Il n'avait même pas pris possession de la voiture attribuée au perdant de la finale de « Commando » et vivait reclus dans une piaule de Gennevilliers. Il se repassait en boucle, les jours de déprime, les cassettes des émissions qui l'avaient mené si près de la gloire et de la fortune. Il les connaissait par cœur et singeait chacun des protagonistes en éclusant du vin en litre plastique. Et c'est en imitant pour la centième fois les réponses de Patrick Presles qu'il prit conscience de la manière dont on lui avait volé sa victoire. Il resta toute la nuit à visionner les séquences au ralenti, image et son, enregistrant les échanges sur magnétophone, photographiant les bouches en gros plan. Puis il commença à réfléchir à sa vengeance.

Six mois plus tard les journaux spécialisés annoncèrent que le champion remettait son titre en jeu et que la première émission de la nouvelle série se déroulerait en Espagne, à Ségovie. François Lincan n'attendait plus que cela : il avait vendu le peu qu'il possédait et disposait d'assez d'argent pour mettre ses projets à exécution. Il se rendit sur place quinze jours avant la date du direct et observa discrètement le travail et les déplacements des collaborateurs chargés de préparer le terrain à Michel Ferriot. Il comprit assez vite que le trésor serait dissimulé dans les ruines de l'ancienne maison de la Monnaie, au cœur de la vallée de l'Eresma. Il loua un 4x4 équipé d'un attelage, se procura une paire de jumelles, un pistolet et patienta jusqu'à l'arrivée des concurrents et du gros de l'équipe. L'après-midi précédant l'émission, il grimpa au sommet d'une colline pour observer les préparatifs. Patrick Presles révisait ses connaissances en lisant un gros guide illustré sur l'Espagne tandis que Michel Ferriot faisait la sieste dans sa caravane à air conditionné garée à l'écart, près d'un verger. Vers dix-neuf heures il se mit au volant du 4x4 et emprunta les petits chemins couverts pour gagner la vallée. Il traversa le verger, le moteur au plus bas régime possible pour ne pas faire de bruit, et vint se cacher derrière la caravane. Il saisit son pistolet et fit irruption dans l'habitacle. Michel Ferriot se redressa et son nez vint buter sur le canon.

— Qu'est-ce que...

Il reconnut le finaliste malchanceux et esquissa un sourire mais François Lincan l'assomma d'un coup de crosse. Il transporta le corps de l'animateur dans le tout terrain et s'éloigna en longeant le cours d'eau.

On s'aperçut de la disparition du meneur de jeu un quart d'heure plus tard et après de vaines recherches menées par les techniciens, les concurrents et les curieux, son assistant se prépara à le remplacer au pied levé s'il ne donnait pas signe de vie avant l'envoi du générique.

Michel Ferriot reprit conscience vers neuf heures. Il se trouvait au centre des fondations d'un moulin, près des vestiges d'une roue à aubes. Il se souvint que la maison de la Monnaie avait, un temps, été transformée en meunerie. Cela figurait sur l'une de ses fiches et c'est là qu'était enfoui l'enjeu de la première manche... Il se souleva sur les coudes. Le perdant de La Mecque creusait le sol. Il n'eut pas le temps de s'interroger sur l'usage de la fosse, que François Lincan, le tirant par les pieds, le faisait basculer dans la terre humide. Ses hurlements inutiles cessèrent au moment exact où la balle lui fracassa le crâne. L'ex-finaliste se baissa pour placer une sorte de boîte entre les bras du cadavre, reprit sa pelle et boucha le trou.

Patrick Presles arriva le premier aux abords de l'ancienne maison de la Monnaie. Il se perdit dans le réseau de couloirs, de caves, de réserves avant de pénétrer dans la grande salle partagée par les piliers des fondations. Un cameraman le suivait à la trace et les images de la chasse au trésor meublaient les écrans d'une bonne moitié des foyers français. Il repéra le rectangle de terre remuée du premier coup d'œil et la déblaya en se servant d'un morceau de tuile ramassé près de la roue à aubes. Le cameraman, penché au-dessus de l'épaule de Patrick Presles, cadra la découverte en gros plan. Il ne comprit pas tout de suite ce qu'il voyait dans l'objectif et lâcha sa Betacam quand le champion en titre mit au jour le visage de Michel Ferriot. Il se retourna et se plia en deux pour vomir avant de trouver assez de courage pour saisir la cassette vidéo que le mort serrait entre ses mains.

A Paris le directeur d'antenne interrompit immédiatement la retransmission. Une speakerine fut chargée d'annoncer, avec le sourire de circonstance, une interruption momentanée de l'émission due à des problèmes techniques.

L'équipe au grand complet se pressa dans le car-régie pour visionner la cassette tragique. La voix de François Lincan commentait un montage des réponses de son adversaire lors de la finale de La Mecque et démontrait que loin de bafouiller après la deuxième question, Patrick Presles ânonnait « Ka'ba » à plusieurs reprises, ce qui était tout simplement la réponse exacte à la TROISIÈME question. Il analysait ensuite les réactions de l'animateur qui semblait déboussolé par les hésitations du candidat et en tirait la conclusion logique que tous deux étaient de mèche.

Patrick Presles nia farouchement et jura sur ce qu'il avait de plus cher qu'il ne disait pas « Ka'ba » mais bien « ba... ka... » et qu'en le répétant plusieurs fois cela finissait, évidemment, par faire « Ka'ba »...

Le lendemain François Lincan se tua au volant de son 4x4 de location en négligeant d'emprunter la route pour descendre un col de la sierra Nevada. Les enquêteurs retrouvèrent l'arme du crime au cœur de l'amas de tôles et classèrent le dossier.

Quand tout cela fut oublié et que d'autres noms, d'autres visages, s'étalèrent à la une des magazines, Patrick Presles épousa discrètement la veuve de Michel Ferriot, rencontrée lors des épreuves de sélection de « Commando », et qui n'avait pas trouvé de plus grande preuve d'amour que de lui offrir, mois après mois, les brouillons des émissions dont son mari parsemait l'appartement.

SANTÉ A LA UNE

Ce samedi-là nous collait à la peau, comme pas mal de samedis depuis quelques mois. On est montés dans la voiture, pour rompre la monotonie. J'ai fait le plein au Mobil du coin et mis le cap sur le périph. Elisa remuait les cartes sans parvenir à décider d'une destination. Les portes des fortifs défilaient à cent vingt, avec leurs noms sur les portiques, la France en étoile, branchée à l'anneau.

A hauteur d'Auteuil elle eut envie d'huîtres, de brume, mais un énorme Calberson qui peinait sur la file de droite m'empêcha de me rabattre vers l'entrée de l'autoroute de Normandie. A La Chapelle le panneau « Lille » lui a fait hausser les épaules et elle s'est désintéressée du choix de l'itinéraire. J'ai plongé à Bercy, au-dessus du dernier fortin de Thiers, avec « 1845 » gravé dans la pierre. Elle a basculé son siège et s'est allongée, la tête sur la banquette arrière. La ceinture de sécurité a glissé le long de son corps, tirant la jupe vers le haut. J'ai posé ma main sur sa cuisse. Elle se réveillait au hasard des péages, soupirait, se renfrognait. La voix du chanteur de Dire Straits montait en sourdine des haut-parleurs de portières.

La nuit tombait quand je réussis, du premier coup, à me sortir de l'échangeur ouest, une sorte de pieuvre bétonnée accolée au fossé des remparts, et à pénétrer dans la ville. Elisa s'est redressée, secouée par les pavés du boulevard de Metz. Je me suis arrêté sur la place, face aux vitraux. Elle a toussé.

— Où on est ?

Je lui ai montré la façade massive de la gare qui bloquait l'horizon.

— A Strasbourg... Ça te plaît ?

Elle est sortie, les yeux plissés par le sommeil, a fait quelques pas en traînant les pieds et s'est appuyée au capot.

— C'est ça leur cathédrale ? *(Elle a retenu un bâillement.)* Je la voyais autrement...

Je me suis approché d'elle.

— Tu n'as pas faim ?

— Si, un peu. *(Un frisson a agité ses épaules. Elle a froncé les sourcils.)* Mais pourquoi t'es venu là ? Je voulais voir la mer...

J'ai fait semblant de ne pas entendre.

— On marche un peu ? Cinq cents kilomètres dans les jambes, je n'en peux plus !

Elisa a pris son manteau dans le coffre et s'est mêlée au flot de gens qui traversait la place. Elle s'est engouffrée dans le passage commercial souterrain. Une demi-douzaine de types au crâne rasé l'observaient du seuil d'une boutique remplie de médailles, de décorations, de ceinturons, de quilles, d'objets militaires. Elle s'est figée, s'est retournée, me cherchant du regard.

— Alain, on se tire : c'est plein de skins...

J'ai levé la tête vers la vitrine. Les types refluaient en direction des jeux vidéo.

— Rassure-toi... Il y a dix ans je traînais la même gueule qu'eux ! C'est les coiffeurs militaires qui ont lancé la mode : le pays est défendu par une armée skin...

En surface, j'ai pianoté au bas du plan lumineux pour choisir un hôtel. On s'est remis au chaud dans la voiture et j'ai filé droit devant. Le faisceau des phares découpait le brouillard qui escamotait la flèche de la cathédrale.

Je me suis jeté sur le lit tandis qu'elle faisait défiler les chaînes sur l'écran. Je ne me souviens pas au milieu de quelle série la neige est tombée sur mes yeux.

Elisa était déjà prête quand je me suis réveillé. Elle admirait les toits et la façade de grès rose, la fenêtre grande ouverte. Les cloches sonnaient à toute volée, et c'était comme si je me baladais au bout de la corde. J'ai allumé une clope, en attendant que ça se passe.

Dehors, les tourniquets de cartes postales, les présentoirs de poupées alsaciennes et les vitrines de souvenirs envahissaient les rues piétonnes. Des touristes agenouillés mitraillaient les statues depuis le parvis. Elisa m'entraîna vers un petit train sur pneus dont les wagons miniature se remplissaient de vieux et de vieilles endimanchés descendus d'un autocar. Je résistais mais elle parvint à s'asseoir face à deux anciens rigolards qui l'aidèrent à me tirer dans leur compartiment. La sono débitait sa leçon en allemand, en anglais, en français — *Es waren die Römer, die im Jahre 12 vor Christus die eroten Grundsteine des Stadt gelegt haben. The first thoroughfares of the city were laid by the Romans in 12 B.C. Ce sont les Romains qui, en l'an 12 avant Jésus-Christ, ont tracé les premières artères de la cité* — précisant que des visites en italien, espagnol et néerlandais étaient également organisées.

Une heure en vitrine à roulettes, à voir défiler les monuments du centre-ville, les maisons rescapées du grand incendie, les églises, les temples, les collégiales, les abbayes... Je faisais la gueule et les yeux des deux vieux visitaient Elisa. J'essayai de sauver la journée du désastre en réservant une table pour un dîner-croisière sur l'Ill.

Le bateau quitta l'embarcadère des Rohan vers neuf heures, tandis qu'un serveur lymphatique nous proposait l'apéritif. Les flashs crépitaient. Leurs reflets se noyaient dans la brume et l'eau. Je me levai entre le foie gras local et la truite fumée pour observer la manœuvre d'un pont tournant qui devait nous donner accès au bassin de la Grande-Ecluse. Je m'accoudai au bastingage et mon regard dériva sur les façades proprettes de la Petite-France. Un groupe d'une quinzaine de personnes patientait vers la rue du Bain-aux-Plantes derrière un clochard immobile encombré de paquets mal ficelés. Je ne la reconnus pas immédiatement, mais quand mes yeux s'arrêtèrent enfin sur son visage, je compris que je n'étais revenu là que pour elle.

Elle était adossée à un panneau de signalisation, un genou plié, le pied calé sur le montant, et tirait sur une cigarette, envoyant la fumée au ciel. Je l'appelai.

— Michèle ! Michèle !

Ma voix fut couverte par le bruit du moteur montant en puissance. Je me retournai. Elisa, le nez écrasé sur la vitre courbe, le visage encadré par ses mains posées à plat, me fixait comme depuis l'intérieur d'un aquarium. J'escaladai la rambarde et sautai sur le quai, juste avant que le bateau ne prenne de la vitesse. Michèle marchait loin devant, en direction des Ponts-Couverts, sans se soucier des passants venant à sa rencontre et qui l'évitaient en glissant contre son cuir. Je me mis à douter, me souvenant maintenant de sa démarche limpide, de ses cheveux pris par le vent...

Elle pénétra dans le tunnel de l'écluse Vauban dont le gardien s'apprêtait à tirer la porte. Ses pas résonnaient sur la pierre. Les statues blessées, sans piédestal, nous regardaient passer de leurs cellules grillagées. Je me rapprochai. Son profil inquiet surplomba son épaule, deux, trois fois de suite. Je la rejoignis à quelques mètres de l'esplanade du marché, devant un cheval aux pattes brisées qui reposait sur le ventre. Ma main enserra son bras.

— Michèle, arrête-toi... C'est moi, Alain...

Elle pivota, et son visage se leva lentement vers le mien. Ses yeux brillaient tristement, des cernes que je n'avais pas remarqués depuis le bateau creusaient ses traits et, malgré le maquillage, la minuscule cicatrice d'enfance partageait toujours en deux son sourcil gauche.

— Lâchez-moi. Je ne vous connais pas...

Mes doigts se crispaient sur le cuir. Je me mis à rire.

— Mais, Michèle... Ce n'est pas possible...

Elle éleva la voix.

— Je vous ai dit de me lâcher ! Lâchez-moi ou je crie !

Là-bas la lueur des lampadaires découpait la silhouette du gardien et son ombre pointait vers nous. Je desserrai mon étreinte, la laissant s'éloigner, submergé par les souvenirs, les espoirs, les regrets.

Elle rebroussa chemin, contourna un chantier et longea les jardins de l'hôpital civil. Je la suivais, adaptant mon rythme au sien sans jamais laisser moins de vingt mètres entre la découpe de son corps et mon ombre sur le trottoir. Elle traversa un pont et bifurqua dans une rue déserte qui serpentait près de l'Ill, juste avant les mouvements de terre annonçant une autoroute. Un chien tira sur sa chaîne, dans la nuit, rien que le cliquetis du métal sur le sol inégal. Il se jeta, tous crocs dehors, à l'assaut d'un grillage, à ma droite. Les aboiements éclatèrent en relais, tout le long du quai. Je m'immobilisai.

Michèle emprunta un chemin de terre bordé de baraquements en planches, de maisons rafistolées abritant des ateliers de réparation, des magasins de pièces détachées d'occasion. Ça sentait l'humidité, la terre et le cambouis.

Deux camions de pompiers, des engins datant des années 50, finissaient d'user leurs chromes au milieu des jardins ouvriers. Elle poussa une barrière et remonta une allée très étroite qui menait à l'un des nombreux house-boats mouillant au pied de la centrale thermique. Une lumière s'alluma dans la cabine, projetant le dessin de la fenêtre jusqu'au milieu du chemin. Un homme tira la porte vers lui, lança quelques phrases rapides puis replongea le quartier dans la pénombre. Je me plaquai contre les tôles d'un appentis. Michèle passa devant moi sans déceler ma présence. Son regard fouillait les boqueteaux, les dépôts de gravats, les recoins du bidonville.

Elle arpentait maintenant les bords de l'Ill, les mains bloquées dans les poches de son blouson, d'une démarche nerveuse, saccadée, courant par moments. Les bateaux des croisières rhénanes se balançaient doucement devant les entrepôts du bassin d'Austerlitz qu'éclairaient les bulles translucides des tennis. Le pont Churchill surplombait la ville endormie et donnait accès aux anciens terrains militaires.

Michèle délaissa le secteur des facs, des avenues rectilignes et des immenses cités verticales pour s'enfoncer dans des rues minuscules. Les façades des boutiques parlaient plus souvent turc et chinois qu'alsacien. Elle disparut soudain dans un porche massif qui aurait pu être celui d'une caserne. Le gris des murs subsistait par endroits, entre les arabesques des bombages. J'entrai dans une cour emprisonnée par les quatre façades intérieures d'un immeuble. Du linge pendait aux fenêtres dont, souvent, les carreaux s'étoilaient de scotch sombre. Michèle discutait avec trois types près d'un second porche qui menait à une autre cour, identique à celle où nous nous tenions. Ses doigts défroissaient des billets pêchés dans la poche à fermeture de son blouson. Elle les tendit puis pointa le bout de sa langue dans le sachet reçu en échange.

Le bruit d'une mobylette, dans la rue, derrière, leur fit lever la tête. Elle m'aperçut.

— Il y a un mec, là-bas... Il a tout vu !

L'un des dealers avait traversé la cour avant même que j'accepte de réaliser ce qu'elle venait de faire. J'essayai de fuir, la meute à mes trousses. Le plus proche de mes poursuivants me déséquilibra d'un coup de pied sur la cheville, et je m'affalai devant la vitrine d'une laverie automatique. Les santiags se mirent à l'ouvrage, pointes et talons. Je me protégeais la tête à l'aide de mes bras, de mes mains, les genoux repliés à hauteur du front, les cuisses serrées.

Ils cessèrent de taper dès que j'arrêtai de crier.

Elisa dormait nue sur le couvre-lit, devant la grille muette d'un canal allemand. J'éteignis la télé. Le déclic la réveilla. Elle ne vit tout d'abord pas mes vêtements souillés, déchirés, mes lèvres boursouflées, les bleus sur mes mains.

— Ce n'est pas la peine de revenir... Tu peux partir... Tu n'es qu'un salaud !

Elle me poursuivit dans la salle de bains où je nettoyais mes plaies.

— Mais qu'est-ce qu'il t'est arrivé, Alain ? Qui t'a fait ça ?

Je me déshabillai, me couchai.

— Je ne sais pas... Des types que je connaissais pas : ils m'ont attaqué dans la rue, sans raison...

Dans le lit elle voulut me caresser mais je repoussai sa main. Je demeurai longtemps sans dormir, les yeux grands ouverts sur les ombres qui dansaient au plafond.

Le lendemain je passai la journée en voiture à retrouver mes itinéraires de la nuit. Elisa était restée à l'hôtel. Nous nous étions séparés après une scène qui avait ravivé toutes mes douleurs. Je me perdis le long des berges semblables, confondant l'Ill, l'Aar, le fossé des Remparts, les canaux de dérivation, le Rhin-Tortu, les multiples bassins... Le nom de famille de Michèle — Teiffer —, qui s'était évanoui dans ma mémoire, me revint brusquement alors que la radio diffusait un tube des Doors, *Rider in the Storm* sur lequel nous dansions, dix ans plus tôt. Je m'arrêtai devant un drôle de château effilé surmonté d'un clocheton, et dont la porte s'ornait d'un panonceau jaune frappé du mot « Postes ».

Je garai la voiture à l'arrière, sur un parking qui surplombait une sorte de garage à péniches bordé de minoteries, de malteries, d'entrepôts, de silos. La poste semblait squatter plus qu'elle ne l'occupait une pièce étriquée du rez-de-chaussée. Le reste du bâtiment appartenait à la police fluviale et aux douanes. Je pianotai « Michèle Teiffer » sur le Minitel de démonstration puis « Strasbourg ». La machine afficha la phrase rituelle : aucun abonné ne répondait à ce nom dans la localité choisie. Je tentai ma chance dans les banlieues proches, à Neudorf, à Robertsau, à Cronenbourg, sans plus de résultat. Je bus un bock dans une auberge au toit crénelé. Des dockers s'y noyaient dans la bière. La lumière crue des néons sur les tentures vertes momifiait les visages.

Je la retrouvai par hasard, la nuit tombée, qui sortait de *La Victoire*, une winstub du quai des Pêcheurs, une bâtisse bancale rescapée d'un plan d'aménagement hausmannien tombé aux oubliettes. Elle suivit un type dans une rue étroite, derrière le « Grand Etablissement de Bains », et ils parlèrent longuement dans l'ombre rouge, épaisse, de l'immense cheminée cerclée. Je les observais depuis le recoin du quai. Michèle se tenait droite, immobile, les pouces accrochés aux rebords des poches arrière de son jean. Elle relevait la tête pour lancer des phrases brèves qui semblaient agresser l'homme qui lui faisait face, puis elle braquait son regard sur la portion de trottoir délimitée par ses chaussures. Il finit par capituler, s'approcha d'une grosse Yamaha accrochée à la grille de la piscine et tendit un casque à Michèle. Je me précipitai vers ma voiture. J'étais à peine installé au volant que la moto vira sur le quai Dietrich dans un hurlement mécanique. Je les pris en chasse, les yeux fixés aux feux, aux reflets des lumières sur le blouson de Michèle, effaçant de ma conscience le code, la signalisation, les priorités, ne protégeant ma vie que de mon seul instinct. Il pila juste avant la montée du Grand Pont, à deux pas de la Légion étrangère, récupéra son casque et pointa le doigt vers l'autre rive. Je garai la voiture devant une église anguleuse et commençai à suivre Michèle de très loin, pour éviter les désagréments douloureux de la veille, hâtant le pas quand sa silhouette se fondait dans l'obscurité, dans la brume, m'arrêtant dès qu'elle redevenait trop précise.

Elle longea tout d'abord le port au charbon et les poutrelles encrassées des grues, des ponts roulants où se lisait encore, en relief dans la fonte, le nom du fabricant : Starlette. Tout à coup elle fit demi-tour, sans raison apparente, traversa la rue et se mit à courir au milieu des stocks de planches, de troncs du port aux bois. Je crus un instant qu'elle m'avait repéré, mais elle ne se retournait pas, n'observait pas la nuit derrière elle. Une fumée humide, lourde, montait d'amoncellements d'écorce en fermentation. Une équipe d'ouvriers, cuissardes plantées dans la vase, protégés par d'amples vêtements en caoutchouc, arrosait les résidus végétaux pour prévenir les explosions. L'eau ruisselait sur les pentes spongieuses, inondait la rue et stagnait entre les traverses du chemin de fer industriel. Michèle suivit les rails, dépassa une maigre forêt. Un bâtiment de trois étages occupait le centre d'une clairière. Des bureaux abandonnés. Au lieu d'obturer les ouvertures, d'occulter fenêtres et portes, on avait choisi une solution plus radicale : les façades avaient été abattues et la construction laissait voir son squelette de planchers, de plafonds, de cloisons graffitées. Michèle se dirigea droit sur l'une des pièces de plain-pied et une négociation semblable à celle de la nuit précédente, dans la cour de la cité Spach, s'engagea avec une sorte de roitelet misérable assis dans un fauteuil défoncé. Les doigts qui tenaient la dope palpèrent le fric.

Et inversement.

Elle revint sur ses pas, d'une démarche plus assurée. Je laissai ma voiture devant l'église et me faufilai derrière Michèle pendant une bonne demi-heure, montant droit sur la place de Hagenau, à l'opposé du port de Strasbourg. Elle tourna sur la droite, à deux cents mètres de la place, et stoppa sur le côté d'un immeuble comme aurait pu en dessiner Offenbach, s'il avait choisi l'architecture et non l'opérette. Une inscription agrémentait le pignon, juste au-dessus des tentures publicitaires d'un restaurant : Palais des Fêtes.

Michèle poussa une porte vitrée et s'engagea dans le vaste hall de l'immeuble. La lumière de la cage d'escalier découpa la façade. Je m'appuyai à un panneau Decaux vantant les réalisations municipales et allumai une cigarette. J'attendis un quart d'heure et me décidai enfin à entrer quand un couple de vieux, elle le tenant par la main, lui retenant le chien par la laisse, pénétra dans l'entrée. Mes doigts s'agitaient dans ma poche, à la recherche des cigarettes, du briquet, quand un cri aigu s'échappa du « Palais des Fêtes ». Je traversai la rue en courant, et fis irruption dans le hall. Le vieux couple se tenait figé devant l'escalier. Un homme les regardait de ses yeux morts, la tête sur l'arête de la première marche. Son corps nu, courbé, montait sur une dizaine de degrés, et de son ventre ouvert s'échappait un moutonnement de boyaux et de sang. Je réprimai un haut-le-cœur et tirai violemment au passage sur la laisse du chien qui reniflait le carnage.

— Appelez le Samu... Appelez les flics... Remuez-vous !

Le type avait agonisé en descendant les étages, et les dernières traces de sa vie étaient imprimées sur les murs, les dalles, la rambarde. Je grimpai jusqu'au troisième. La traînée sanglante serpentait tout au long du couloir et menait à une porte entrouverte. Loin dans l'appartement une femme chantonnait. J'entrai, tous les sens en éveil, marchant sur un tapis d'ordures, de déchets, de linge sale...

Michèle était assise sur le bord de la baignoire. Elle lacérait une serviette de bain à l'aide d'un rasoir de coiffeur. Le sang séché soudait le manche à sa paume. Elle inclina la tête vers moi, m'entendant venir. La coke effaçait son regard, les pupilles noyées dans le rêve. Je m'avançai doucement et posai ma main sur son épaule. Elle fredonnait toujours sa chanson. Je lui pris le coupe-chou, avec d'infinies précautions et lui lavai les mains, les bras, sous le jet de la douche.

— C'est toi qui l'as tué ?

Elle se mit à rire, un rire démesuré qui me vrilla les nerfs. Elle m'entraîna dans la salle à manger, enjambant les meubles dépecés et se figea devant une télé réglée sur un canal vide. Elle se baissa et ramassa une cassette vidéo qu'elle engagea dans le magasin d'un magnétoscope crasseux. L'image sautilla avant de se stabiliser. Un gros plan sur un linge souillé et une plaie agitée de battements, puis les gants d'un chirurgien, d'autres doigts plaçant des pinces sur les lèvres de l'incision... Je voulus parler mais elle me fit signe de me taire. Le cadrage s'élargit, montrant une salle d'opération en pleine activité, le ballet des assistants, des infirmières, autour de l'orifice sanglant par où, à chaque seconde, pouvait s'échapper la vie. Une voix off égrenait des chiffres :

Chaque année les assurances françaises enregistrent 4000 réclamations liées à des séjours en hôpital. Si 60 % de ces plaintes concernent des chutes, des dépressions, des bris de lunettes, voire de dentiers, 40 % font suite à un acte médical d'anesthésie ou de chirurgie. Notons que l'année passée quinze jugements ont donné raison à des patients qui soutenaient qu'à l'occasion d'une opération, le chirurgien avait « oublié » un instrument dans leur corps.

Je désignai la télé.

— Qu'est-ce que ça veut dire ?

Michèle vint se blottir contre moi. Des larmes coulaient sur ses joues. Elle parlait en cherchant ses mots.

— Je ne voulais pas lui faire de mal... C'était pour son bien... Il n'arrêtait pas de se repasser cette émission, à longueur de journée... Il hurlait à chaque fois, persuadé qu'on lui avait laissé des pinces ou des ciseaux dans le ventre... Je voulais juste le rassurer, lui montrer qu'il n'y avait rien...

Je l'aidai à se coucher sur la banquette. Elle redescendait lentement en claquant des dents, les ongles enfoncés dans le cuir de l'accoudoir. Dans l'escalier je croisai les infirmiers du Samu. Quand je débouchai dans la rue, les flics arrivaient en fanfare. Les lumières des gyrophares tournoyaient sur les lettres érodées du « Palais des Fêtes ». Je me glissai dans la cabine téléphonique plantée en face, au milieu d'une petite place. Le veilleur de nuit de l'hôtel se décida à décrocher à la quinzième sonnerie. Elisa ne dormait pas.

— Elisa... C'est Alain... J'ai laissé la voiture près du pont d'Anvers, devant une église... Récupère-la et rentre à Paris... J'ai besoin de rester un peu ici... Seul... Je t'expliquerai. Fais-moi confiance...

Elle chialait, elle aussi. D'un coup sa voix prit tout l'espace, entre les murs de verre.

— Tu me laisses tomber, c'est ça ? Dis-le que tu as trouvé quelqu'un... Dis-le, aie au moins ce courage...

Je lâchai le combiné. Je m'enfonçai dans la ville tandis que les cris d'Elisa se balançaient au bout de leur fil métallique.

CINQ SUR CINQ

La 605 noire vint se garer au pied de l'imposant immeuble miroir et le chauffeur fut presque immédiatement debout sur le trottoir, la casquette à la main, afin d'ouvrir la portière à Célia Upton, l'épouse du secrétaire d'Etat aux Finances. La carrosserie surélevée permit à la jeune femme de quitter l'habitacle sans que l'attention de son serviteur ne puisse monter plus haut que les genoux. Elle tira légèrement sur la veste de son ensemble bleu turquoise et d'un geste harmonieux ramena, du bout des doigts, ses longs cheveux noirs sur ses épaules. Elle leva les yeux vers le ciel pour suivre un vol de moineaux.

— Revenez me prendre d'ici deux heures, Philippe, et n'oubliez surtout pas de passer prendre le gâteau d'anniversaire de ma fille chez Daloyau.

Ses talons martelèrent les dalles de l'escalier de marbre, et bien qu'elle ait appris à marcher en dominant chacun des mouvements de son corps, à en apprivoiser les ondulations naturelles, la pureté de ses formes attirait tous les regards. Les portes automatiques délivrèrent leur minuscule chuintement pneumatique puis coulissèrent en silence. L'adjoint du directeur général qui l'attendait devant le bureau d'accueil vint à sa rencontre, le visage rayonnant.

— Je suis heureux de vous rencontrer sans écran interposé, madame Upton... M. Garabit vous attend dans son bureau... Vous n'avez pas rencontré trop de difficultés à venir jusqu'à Boulogne-sur-Seine ?

Il n'attendait pas de réponse à sa question. Il traversa le hall, la jeune femme à son côté, et s'immobilisa devant un ascenseur qu'il appela au moyen d'une minuscule télécommande. La paroi latérale gauche de la cabine constituée d'une vitre fumée permettait d'admirer, pendant les quarante-cinq secondes que durait l'ascension, les toits de la capitale inondés de soleil et le scintillement du fleuve. Avant d'arriver au sommet du bâtiment, Célia Upton vérifia sa coiffure dans le miroir. Elle cligna discrètement des yeux pour bien humecter les lentilles teintées en turquoise transparent qui ajoutaient une pointe de mystère au charme incroyable émanant de son visage. La porte de l'ascenseur ouvrait directement dans le bureau du président. La pièce occupait en fait toute la surface de l'étage, couverte pour une moitié, aménagée en terrasse paysagée pour l'autre. Un mur image diffusait en simultané une cinquantaine de programmes captés par la parabole blanche camouflée au milieu des arbres et dont la corolle avalait le ciel.

Hubert Garabit, énarque policé et court sur pattes, dirigeait l'antenne de Télé Première depuis trois ans. Ses succès inespérés dans le traitement de la surproduction d'acier et l'ajustement des effectifs à la réalité du marché en avaient fait un homme de recours, et c'est presque naturellement que Canigros, repreneur de la chaîne et leader mondial de l'alimentation pour chiens et chats, l'avait choisi pour réorganiser une entreprise en décadence. Il s'était rapidement adapté à cette nouvelle industrie, et le passage des hauts fourneaux aux décors en trompe l'œil, des coulées d'acier aux images virtuelles, s'était effectué en douceur. La mise en œuvre de sa philosophie audiovisuelle que l'on résumait d'une formule : *La soupe pour le plus grand nombre, les petits fours pour ceux qui restent*, s'était traduite par une progression fulgurante de l'audience. Les baromètres hebdomadaires de Médiométrie plaçaient systématiquement Télé Première en tête des chaînes, pour chaque tranche horaire.

Le président contourna le long bureau ovale plus vide qu'un billard et s'inclina devant Célia Upton en lui prenant délicatement la main. Il l'invita à prendre place dans une courbe de la pièce aménagée en salon. Une femme silencieuse déposa un plateau, café, thé, biscuits secs sur la table basse et disparut aussi mystérieusement qu'elle était venue. Célia prit place sur le canapé de cuir tandis que chacun des deux hommes s'asseyait dans un fauteuil. Elle croisa les jambes. L'imperceptible feulement de la soie produisit plus d'effet sur l'énarque qu'une manifestation de sidérurgistes en colère. Il respira profondément en se tortillant les mains et sourit bêtement à la cantonade. L'adjoint se rua sur les tasses et fit le service, donnant le temps à son supérieur de reprendre ses esprits.

— Tout d'abord, madame Upton, je dois vous dire que j'ai étudié de près les courbes de décrochage sur le créneau qui nous intéresse, et qu'il se confirme que le point faible de notre programmation du dimanche se situe très exactement entre dix-huit heures quarante-cinq et dix-neuf heures trente...

Célia Upton se pencha pour saisir l'anse de sa tasse.

— Le module de mon émission est de cinquante minutes, monsieur le Président, et cela ne fait que trois quarts d'heure...

— Oui, oui, ne vous inquiétez pas... Je vous expose le contexte... Juste avant, en raison d'accords avec un network californien, nous diffusons un feuilleton américain de faible prestige. *(Il faillit dire « une merguez » comme il qualifiait ce genre de série lors des réunions du mercredi.)* En face, Canal Jeux draine plusieurs millions de téléspectateurs avec le tirage en direct, à dix-neuf heures, de la troisième tranche du Loto. Nous avons négocié avec la Française des paris le droit de faire défiler les numéros gagnants sur l'écran. Est-ce que cela vous pose problème ?

— C'est une nécessité absolue, n'est-ce pas ?

L'adjoint joua son rôle d'adjoint qui était de prendre sur lui les aspects négatifs de la négociation.

— Oui. Nous sommes persuadés que votre présence et le concept radicalement novateur de votre émission nous permettront de mordre sur la concurrence, mais le pouvoir d'attraction du Loto est indéniable...

Célia aspira quelques gorgées de thé sans sucre.

— Très bien. Je verrai avec mon réalisateur la meilleure manière de concilier mon image avec le banc-titre... Vous avez envisagé d'autres modifications, monsieur Garabit ?

Le fait de passer en si peu de temps, dans la bouche sensuelle de Célia Upton, de *monsieur le Président* à *monsieur Garabit* fit rougir jusqu'aux cheveux l'homme qui avait effacé Longwy de la carte de France. Il fut à deux doigts de lui demander d'user de son prénom, Hubert, mais la présence de son adjoint le retint.

— Non. Pour l'essentiel nous en restons à ce que nous avions convenu ensemble et qui est consigné dans le projet de contrat. Et de votre côté ?

Célia Upton prit son Filofax et fit tourner les pages sous son index filiforme. L'ongle rouge comme une goutte de sang suspendue...

— La réalisation du pilote apportera des améliorations au produit mais cela restera un talk-show autour d'un invité de large surface médiatique, Depardieu, Kouchner, Le Pen, Cousteau, Bruel... Le tout rythmé par cinq inserts de stock-short abordant les principaux événements de la semaine écoulée... La coupure publicitaire est toujours de quatre minutes ?

— Oui, à moins que le Parlement n'accepte de modifier la loi... Ce n'est pas de mon ressort, malheureusement, mais peut-être pourriez-vous en parler à votre mari... La publicité *(il pensa « le gras » comme lors des réunions du mercredi)*, c'est le nerf de la guerre...

Elle consentit à sourire.

— Je me garde bien de parler télévision à la maison, en contrepartie nous n'avons pas de discussions d'ordre politique...

L'adjoint feuilleta les dernières pages du contrat.

— Comme vous avez pu le constater nous avons tenu compte de vos remarques concernant les conditions financières de votre collaboration. Vous recevrez l'intégralité de la part producteur et nous vous versons, en sus, un cachet mensuel de 200 000 francs correspondant à la préparation et la présentation d'une émission hebdomadaire de cinquante minutes. Vous avez des observations ?

— Pas sur ces articles, cela me convient. En revanche, j'aimerais qu'il soit précisé à l'avenant du contrat que j'ai le droit de choisir mon réalisateur et que Télé Première met à ma disposition une maquilleuse, une habilleuse personnelles ainsi qu'un véhicule de prestige et son chauffeur...

Le président nota les demandes sur son calepin électronique.

— Il n'y a aucun problème, madame Upton, tout cela va de soi... Encore un peu de thé ?

La jeune femme se leva et lissa sa jupe en plaquant ses mains sur son ventre, ses cuisses. Hubert Garabit ravala sa salive.

— Je dois hélas vous quitter, monsieur Garabit. C'est aujourd'hui l'anniversaire de ma fille, et j'ai des obligations envers elle...

Elle ferma les yeux et rejeta la tête en arrière, découvrant une gorge d'une blancheur aveuglante.

— Ça me fait penser que j'oubliais un petit détail... J'aimerais également que quelqu'un puisse s'occuper de Cécilia... L'amener à l'école, suivre ses devoirs... Avec la vie que nous menons, il est impossible d'être aussi présents que des parents ordinaires...

L'adjoint appela l'ascenseur à l'aide de sa télécommande.

— Nous y veillerons, madame Upton, soyez tranquille...

Le chauffeur du ministre attendait au soleil, près de la 605. Le gâteau de chez Daloyau était posé sur la banquette arrière, dans sa boîte isotherme. Puis le tout, Peugeot, charlotte aux truffons, conducteur, présentatrice vedette, bas de soie et lentilles teintées, prit le chemin du Vésinet.

L'émission baptisée « Cinq sur cinq » débuta le mois suivant. Le visage de Célia Upton, plus séduisante que jamais, apparut plein cadre. Un mouvement de caméra permit aux téléspectateurs de découvrir sa robe, une création exclusive Kagitomo, dont le camaïeu de bleu s'harmonisait parfaitement avec le décor. Célia cligna des yeux quand les projecteurs donnèrent leur pleine puissance, et l'on put remarquer la légère touche de violet qui teintait son regard sans que l'on se rende compte que cette étrangeté était due à ses lentilles de contact. Elle posa sur la table laquée le stylo Montblanc qu'elle serrait entre ses doigts et fixa la lampe rouge clignotante qui indiquait la prise de vue choisie par le réalisateur. Elle passa furtivement le bout de la langue sur ses lèvres.

— Bonsoir. Pour cette première émission de « Cinq sur cinq » je suis heureuse de recevoir le défenseur des pauvres et des exclus, l'espoir des marginaux... Je vous demande d'applaudir l'abbé Pierre...

RODÉO D'OR

JEUDI 22 heures

Sur la tribune dressée au milieu de la cité, le maire d'Epinay-la-Jolie et le représentant du préfet encadraient King Josper, le jeune sculpteur venu tout spécialement du Bronx pour travailler à la phase finale de la réhabilitation du quartier des Poètes. Les costumes sombres des officiels mettaient en valeur son uniforme d'artiste urbain, baskets montantes, jean troué, blouson tagué rehaussé d'étoiles argentées, écharpe palestinienne, casquette rouge à longue visière aux armes des Lakers. Les deux cents personnes rassemblées sur la place Jean-de-La-Fontaine (ex-place Tristan-Tzara) piétinaient au rythme de *Out for ever* des Public Enemy que la sono municipale diffusait en sourdine. Une petite équipe de TV5 filmait la scène. La grande majorité des habitants avait préféré assister, depuis les fenêtres et les balcons des tours et des barres, à l'inauguration de « l'environnement sculptural lumineux » comme l'écrivait dans sa brochure mensuelle l'adjoint à la culture, réalisé par King Josper.

L'éclairage public du quartier s'éteignit à dix heures précises et la bande originale planante du *Grand Bleu* remplaça les diatribes des New-Yorkais. Le cercle hésitant d'un projecteur vint chercher le visage du maire avant de s'élargir pour mettre en valeur les trois vedettes de la soirée. Le premier magistrat d'Epinay-la-Jolie s'avança près du micro et prononça un discours convenu émaillé de tous les mots-réflexes : défavorisés, exclusion, intégration, volonté, vie meilleure, ensemble. Il passa la parole à l'envoyé du préfet sur les applaudissements mort-nés de la clique municipale, trois formules pour rendre hommage au ministère de la Ville, puis King Josper profita que ses mâchoires étaient occupées à mastiquer un chewing-gum pour saluer l'assistance et lancer vers elle trois phrases que personne ne se soucia de traduire. Le technicien coupa l'alimentation du projecteur, plongeant la cité des Poètes dans l'obscurité totale. Soudain la très intense lumière bleutée d'un laser prit naissance au milieu de chacune des petites pelouses plantées au pied de chacun des bâtiments. Les faisceaux, légèrement épanouis, venaient frapper les sculptures de tôle d'un mètre de hauteur disposées par King Josper à distance respectable des pignons aveugles que les peintres avaient recouverts de peinture blanche. Le laser projetait l'ombre démultipliée des silhouettes sur ces écrans gigantesques. King-Kong grimpait au flanc de la tour Joachim-du-Bellay (ex-tour Eluard), tandis que Superman semblait soulever la barre Paul-Déroulède (ex-barre Jean-Ristat) et que Zorro griffait la façade du centre d'animation culturelle Alphonse-de-Lamartine (ex-CAC Aragon). Le groupe de rap de l'Ecole de maçonnerie industrielle, salopettes orange, pompes de sécurité, casques de chantier, prit possession de la scène et installa en moins d'un quart d'heure les instruments marqués d'un logo scintillant composé des trois initiales mêlées de son nom : B.T.P. Les médias, les officiels, traduisaient « Bâtiment

Travaux Publics », la meute qui suivait le groupe de concert en concert se chargeait d'écrire le sous-titre : « Baise Ton Père. » Les trois reporters de TV5 rangèrent leur matériel et filèrent sur Paris, par l'autoroute A86.

JEUDI 23 h 30

Le road-manager des B.T.P. venait juste de fermer la porte arrière du camion. Il s'apprêtait à quitter la cité des Poètes, quand la première B.M.W. noire, tous phares éteints, traversa la place Jean-de-La-Fontaine à pleine vitesse avant de partir en dérapage devant l'entrée du marché Victor-Hugo (ex-halle Francis-Combes). Le second véhicule évita de justesse la sculpture représentant Madonna dont la silhouette trembla au fronton de la résidence Paul-Bourget (ex-centre social Elsa-Triolet). La petite cinquantaine de jeunes qui ne se résolvait pas à quitter le lieu de l'inauguration s'était prudemment rangée derrière les arceaux de sécurité plantés sur les trottoirs. Les conducteurs, le visage dissimulé derrière d'horribles masques en caoutchouc, placèrent les voitures côte à côte et firent rugir les moteurs. Des lumières se rallumèrent dans les étages. Les roues avant patinèrent sur l'asphalte tandis que de la fumée auréolait les pneus arrière. Il ne leur fallut qu'une poignée de secondes pour atteindre la courbe menant au groupe scolaire Alfred-de-Vigny (ex-école Jacques-Prévert) et virer devant la superette Félix-Potin (ex-boutique Comptoir Français). Les pare-chocs frottèrent l'un contre l'autre. Le contact des carrosseries déséquilibra la B.M.W qui se trouvait sur la droite, l'obligeant à grimper sur le trottoir. Le capot emporta deux barrières de protection dont l'une fit éclater le pare-brise. Le conducteur, contraint à l'abandon, quitta son siège. Son masque évoquait l'un des monstres d'une production Spielberg, *Les vers nous gouvernent*. Il fit le tour de la

B.M.W., ouvrit le bouchon du réservoir, alluma un mouchoir à l'aide de son Zippo et enfourna le tissu enflammé dans l'essence. Il s'éloigna posément du véhicule qui explosa moins d'une minute plus tard. Les lueurs de l'incendie effacèrent le musée d'ombres de King Josper.

VENDREDI 0 h 30

Le journaliste de permanence de TV5 avait fini par se lasser du jeu vidéo « Dragon Sex » que Thierry Baudel, envoyé spécial de la chaîne en Thaïlande, lui avait fait parvenir par la valise diplomatique d'un conseiller culturel de l'ambassade auquel il rendait de menus services. Il rêvassait sur l'enculage du virtuel quand le téléphone le tira de son demi-sommeil.

— Oui. Ici Jean-Luc Godillard. Numéro vert de TV5, je vous écoute...

— C'est bien là où on gagne cinq cents francs si on donne une information exclusive...

Le type téléphonait vraisemblablement d'une cabine car on distinguait des bruits de circulation, le sifflement du vent.

— Oui, vous êtes bien au 05 05 55 55. Pour décrocher la prime, il faut non seulement que ce soit exclusif mais en plus que ce soit intéressant... Qu'est-ce que vous avez à nous proposer ?

Le correspondant se racla la gorge et baissa la voix comme s'il avait peur d'être surpris.

— Voilà, il y a eu un rodéo dans la cité où j'habite et les gars ont fait brûler deux voitures de sport...

Jean-Luc Godillard prit une fiche et nota l'heure d'appel.

— O.K. Ça s'est passé où et quand ?

— Les bagnoles brûlent encore. Ils ont commencé leur cirque juste après l'inauguration des sculptures au laser de l'Américain, cité des Poètes, à Epinay-la-Jolie...

— Mais on avait une équipe sur place... Le sujet est prévu pour le journal de demain midi. Vous ne les avez pas vus ?

— Si, bien sûr... Le problème, c'est qu'ils sont partis juste avant le concert de B.T.P. et que ça n'a dégénéré qu'après...

Le journaliste prit le nom et l'adresse de son correspondant, lui assurant qu'il avait gagné les cinq cents francs et qu'il recevrait son chèque au cours de la semaine suivante. Il raccrocha et pianota le numéro de la salle de montage.

— Allô, Yvan ? Jean-Luc à l'appareil... Dis, c'est bien toi qui étais à Epinay ?

— Oui, pourquoi ?

Il joua avec la fiche, la faisant glisser sur son bureau.

— Qu'est-ce que tu as ramené de renversant, à part le discours du maire ?

— Pas grand-chose... Loïc m'a chiadé un paquet de cadrages sur leurs ombres chinoises géantes. On va surtout garder ces images pour demain. Tu veux venir voir ?

— J'ai pas le temps. Laisse tomber le sujet sur l'inauguration ; je viens de recevoir un appel vert en provenance de la cité des Poètes. Les voitures crament dans tous les sens. On aura l'air fin si les radios ciblent le rodéo et que TV5, « La Chaîne de l'Info, celle qu'il vous faut », se contente d'une minute trente en rubrique culture... Tu as encore du monde avec toi ?

— Non, ils sont tous rentrés. C'est sérieux ton truc ?

— Plutôt ! Prends une caméra équipée d'un projo, deux cassettes et tout ce que tu trouves comme batteries chargées. On y retourne.

VENDREDI 2 h 15

Jean-Luc Godillard et Yvan Chobral arrivèrent aux abords du groupe scolaire Alfred-de-Vigny juste à temps pour enregistrer le départ des voitures de pompiers. Ils interviewèrent le commissaire de police d'Epinay-la-Jolie sur fond de carcasses noircies, dégoulinantes d'eau et de mousse.

— Nous avons affaire à des bandes de casseurs professionnels dont les membres, pour l'essentiel, n'ont rien à voir avec les habitants de cette cité. Au tout début des travaux de réhabilitation, il y a deux ans, nous avons créé une équipe de foot mixte, policiers/jeunes. Grâce à ces contacts, nous connaissons, de manière permanente, la température du quartier...

Le journaliste tira sur le fil de son micro relié à la caméra qu'Yvan portait sur l'épaule, pour placer la vitrine brisée du Félix Potin dans le cadrage.

— Vous pensez que les incidents sont terminés ou qu'il est possible qu'ils reprennent dans la nuit ?

— Mes hommes viennent de patrouiller dans la cité. Ils ont constaté que les éléments extérieurs qui ont profité de la venue de ce groupe de rap, et qui lui sont certainement liés, l'enquête le dira, ont quitté les lieux. Je crois que tout le monde va pouvoir aller se coucher et dormir tranquille.

Les deux reporters montèrent à l'avant de leur Nevada de service. Yvan ouvrit sa fenêtre pour effectuer un long travelling jusqu'à la frontière de la cité. Jean-Luc Godillard roulait au pas, évitant les bouches d'égout, les défauts du revêtement. Soudain le cameraman attira son attention.

— Pss, pss... Vise un peu là-bas, dans le hall du petit bâtiment. On dirait qu'il y a du monde. On va voir.

Le conducteur ne répondit pas. Il se contenta de garer la Renault près d'un socle orphelin de sa statue. Les tags qui avaient envahi le cube gris faisaient paradoxalement ressortir les lettres du nom gravé dans la pierre : Vladimir MAÏAKOWSKI. Ils dépassèrent le local poubelles, contournèrent les boîtes aux lettres pour tomber sur un groupe de cinq Blacks, Blancs, Beurs qui tiraient à tour de rôle sur la Marlboro communautaire. Jean-Luc pénétra dans le hall tandis qu'Yvan demeurait en retrait, le regard vissé sur la voiture dans laquelle il avait laissé sa caméra.

— Salut. On est de la télé...

Ils poussèrent une sorte de grognement collectif. Jean-Luc sortit son paquet de clopes et offrit une tournée de Winston.

— Vous avez assisté à la course de bagnoles tout à l'heure ?

Michaël, un jeune Antillais au crâne allongé par une casquette bombée des Redskins, le toisa en rejetant un nuage de fumée.

— Qu'est-ce que ça peut te foutre ?

— Beaucoup de choses... On a des images de la cité, de l'inauguration, des carcasses fumantes... Si on peut se faire un peu de son en plus pour que les gens comprennent bien, on boucle notre sujet et on peut retourner au pieu.

Celui qui semblait diriger le groupe, Fred, un grand type blond efflanqué, les épaules à l'étroit dans un blouson élimé, s'avança.

— Tu veux qu'on fasse les ânes, pour avoir du son... D'accord. Mais d'abord, dis-nous ce que tu en penses, toi, de ces courses de béhèmes ?

— Je ne sais pas trop... Ça ne me dérange pas, à part pour les gamins qui se précipitent au premier rang. C'est dangereux.

Godillard fut pris à partie par Kaleb, un Kabyle au visage fin et nerveux.

— Espèce d'enfoiré ! C'est ta chaîne qui organise le Paris-Dakar et tu oses nous faire la morale ? Si tu as des remarques, va les faire aux types qui traversent les villages africains à 200 à l'heure. Ici, on n'a jamais blessé personne.

Le regard de Fred, le grand échalas, se posa sur le badge « Numéro Vert » que Jean-Luc Godillard avait oublié d'enlever.

— Tu veux qu'on te parle du rodéo de tout à l'heure. C'est du réchauffé. Je crois que je viens d'avoir une meilleure idée...

Yvan Chobral avait fini par entrer dans le hall.

— Laquelle ? Si ce n'est pas indiscret...

Le porte-parole du groupe posa son index sur la rondelle métallisée agrafée au revers de la veste de Jean-Luc.

— Si vous avez de la thune, on peut vous organiser une petite séance supplémentaire...

Le journaliste posa une question qui sonnait comme une réponse.

— Quand ?

Le blond au blouson étriqué se fendit d'un sourire.

— Un quart d'heure, le temps de trouver une caisse. Comme on est cinq, ça fera cinq mille balles.

Jean-Luc, soucieux des budgets de TV5, essaya sans succès de réduire la note à trois mille. Les deux reporters finirent par racler leurs fonds de poches pour faire l'appoint, et insistèrent pour qu'on s'en tienne au rodéo et que, contrairement à ce qui s'était déroulé plus tôt, les voitures ne soient pas brûlées. Michaël, qui avait filé au début de la négociation, réapparut au volant d'une Golf G.T.I. rouge, suivi de Kaleb dans une Renault Cinq Turbo. Ils s'enveloppèrent la tête dans un foulard, ne laissant qu'une fente pour les yeux.

— Quand vous voulez.

Yvan Chobral avait escaladé le socle vide. Pendant cinq minutes il filma depuis son perchoir les évolutions des deux bolides à travers les rues de la cité. A trois heures les deux reporters euphoriques rentrèrent sur Paris.

VENDREDI 11 h 45

Les gargouillis de la cafetière électrique programmable réveillèrent Jean-Luc Godillard. Le montage de l'émission s'était prolongé jusqu'à cinq heures du matin et il avait besoin d'un bon litre d'arabica pour remettre la machine en route. Il se fit griller quelques tartines, les beurra puis se sentit assez rassuré pour s'ouvrir au monde. Son pouce fit pression sur la télécommande de la radio. Le flash venait de se terminer et il dut subir cinq minutes de sujets « people » de France Info, expos à ne pas louper, maladies à ne pas attraper, carnet du snob de service, avant d'entendre le jingle du journal. Le Vatican venait de reconnaître l'Ossétie du Sud et la république des Tchétchènes, ce qui entraînait une vigoureuse protestation commune des organisations indépendantistes d'Irlande du Nord, de Corse et du Pays basque. Un avocat, s'appuyant sur la législation qui protégeait le consommateur de la publicité mensongère, intentait une action en justice contre le président de la République pour non-tenue de promesses électorales. L'annonce du dernier papier le sortit d'un coup de sa torpeur : « Malaise des banlieues, un mort cette nuit à Epinay-la-Jolie. »

La fête organisée par la municipalité pour marquer la fin des travaux de réhabilitation de la cité des Poètes d'Epinay-la-Jolie s'est terminée tragiquement ce matin aux alentours de trois heures trente. Après un premier rodéo au cours duquel deux voitures volées avaient été incendiées, les policiers alertés par des habitants ont dressé un barrage à l'entrée du chantier de la Francilienne qui sert régulièrement de piste de vitesse aux jeunes de la région. Une Golf G.T.I. a, selon les premières informations, foncé sur les policiers qui ont ouvert le feu. Le conducteur, un mineur prénommé Michaël, a été tué sur le coup.

Il s'habilla sans prendre le temps de se laver, appela un taxi pour ne pas perdre une seule minute à la recherche d'une place de stationnement et s'engouffra dans l'immeuble de TV5, oubliant même de réclamer la monnaie sur son billet de cent. Il récupéra la cassette du reportage tourné la nuit précédente malgré les récriminations du secrétaire de rédaction qui avait peur de bousculer le journal de la mi-journée. La salle de montage était libre. Il enclencha le boîtier dans un magnétoscope et fit défiler les images en accéléré. Il inversa les séquences afin de mettre les carcasses fumantes après le rodéo. Il ajusta ensuite le commentaire, laissant entendre que l'épave représentait la Golf G.T.I. dans laquelle avait péri le jeune Michaël. Le sujet, titré « La mort, cité des Poètes », eut un retentissement considérable. Il fut acheté par une dizaine de télés étrangères et collectionna une impressionnante liste de distinctions dans les Festivals du Réel.

UN SAMEDI, TROIS MOIS PLUS TARD. 21 h 45

Guy Lux traversa la scène du théâtre de l'Empire pour accueillir Paul Amar qui joggait sur l'allée centrale. Jack Lang s'assura que personne ne le regardait pour s'autoriser à bâiller. Il se fit la réflexion qu'il bâillait de plus en plus fréquemment lors de la cérémonie de remise des Sept d'Or, et qu'à chaque fois que les maxillaires le démangeaient, personne ne posait le moindre regard sur lui. Un doute l'effleura : et s'il en était toujours de même ? Il chassa cette pensée déprimante pour fixer son attention sur le déhanchement du présentateur de Soir 3 qui suivit Guy Lux jusqu'à un pupitre que seuls les décorateurs de la S.F.P. pouvaient concevoir. C'était la plus harmonieuse synthèse possible entre le sas du vaisseau de *Star Treck* et un godemiché géant. Paul Amar prit place derrière le panneau décoré de deux Sept d'Or entrecroisés. Guy Lux crachota dans son micro pour en vérifier le bon fonctionnement. Il lut son papier, dans la plus parfaite indifférence.

— Les journalistes nominés pour le Sept d'Or du meilleur reportage d'investigation sont : Jean-Marie Cavada pour « Dans les coulisses de la 3 », Bernard Benyamin pour « Les oiseaux de la mer d'Aral », et Jean-Luc Godillard pour « La mort, cité des Poètes ».

Paul Amar déchira l'enveloppe en rougissant.

— Le vainqueur est... Jean-Luc Godillard pour « La mort, cité des Poètes ».

Les invités applaudirent poliment tandis que les images du rodéo étaient projetées sur le mur écran. Le journaliste de TV5 grimpa à son tour sur le podium pour recevoir sa sculpture scintillante. Il remercia une douzaine de personnes, « sans lesquelles je ne serais pas devenu ce que je suis » et retourna écouter les battements de son cœur, lové dans son fauteuil-coquille.

SAMEDI 23 h 30

Jean-Luc Godillard ne s'était pas éternisé devant les tables dressées dans les coulisses. Il avait fourré son Sept d'Or dans un sac plastique et salué les incontournables sans lesquels il ne resterait pas longtemps ce qu'il était devenu. Il descendait l'avenue de Wagram à pied en direction de la place des Ternes quand il eut conscience d'une présence dans son dos. Il ralentit l'allure, prêt à se retourner mais les deux types s'étaient déjà portés à sa hauteur. Il sentit qu'on lui appliquait la pointe d'un couteau sur le flanc.

— Fais pas le con, marche comme si de rien n'était. Ta bagnole est garée où ?

Il donna un coup de menton en direction d'une X.M. grise.

— C'est la Citroën.

Kaleb prit les clefs dans la poche du journaliste qu'il obligea à monter à l'arrière. Fred, le blond interminable, s'installa au volant après avoir récupéré les papiers. A l'euphorie anesthésiante de la remise du Sept succédait la peur la plus viscérale, la plus primaire. Godillard se mit à trembler.

— Michaël, j'y suis pour rien... On était partis depuis longtemps quand il a foncé sur les flics...

Kaleb le titilla de la pointe du cran d'arrêt.

— Ta gueule, on t'a déjà assez entendu comme ça à la télé.

Le journaliste réprima les sanglots qui l'oppressaient. La voiture quitta le périphérique, bifurqua sur la A86, et le voyage se poursuivit dans un silence total. Ils franchirent les limites d'Epinay-la-Jolie un peu avant une heure du matin, le dimanche. Fred arrêta la X.M. devant l'entrée du cimetière Paul-Valéry (ex-cimetière Pierre-Gamara). Au loin les contours lumineux des statues projetées aux frontons des immeubles de la cité des Poètes se découpaient sur le ciel noir. Kaleb arracha le sac plastique des mains de Jean-Luc Godillard. Fred ouvrit la serrure de la grille du cimetière, à l'aide d'un passe. Ils durent traîner le journaliste qui hurlait, refusant d'avancer. La cloche de l'église sonna quand ils arrivèrent devant la sépulture de Michaël. Kaleb plongea la main dans le sac et brandit le Sept d'Or devant les yeux de Godillard.

— Prends-le et pose-le sur sa tombe... C'est à lui et à personne d'autre.

LE PSYSHOWPATHE

Ça lui avait fait drôle, la première fois qu'elle était entrée dans l'immeuble, d'habiter l'escalier d'un martyr. La plaque de marbre était vissée sur le mur, à droite, et deux petits tubes de fer peints en noir permettaient de planter des drapeaux, fin août lors des cérémonies de la libération de la ville.

A la mémoire de Jean Philippon,
F.T.P., 23 ans,
fusillé par les Allemands
le 24 août 1944

Valérie s'était aperçue qu'un carton glissé dans la fenêtre d'une boîte aux lettres portait toujours ce nom, Philippon. Une jeune femme relevait le courrier, le soir en rentrant du travail, et elle n'avait jamais osé lui demander si un lien l'unissait au résistant mort. L'appartement qu'elle louait depuis maintenant trois mois se trouvait au quatrième étage. L'ascenseur n'avait jamais été installé dans la cage grillagée, après la faillite de l'entreprise de construction, et deux énormes fils électriques poussiéreux se balançaient dans le vide, au rythme des courants d'air.

Elle occupait deux petites pièces qui donnaient sur une cour intérieure pavée où il était *interdit de jouer au ballon et d'entreposer les vélos.* L'appartement mitoyen avait été inondé, après la rupture d'une canalisation, et elle croisait les ouvriers quand elle partait travailler. La moitié des habitants du bloc étaient des vieux qui avaient emménagé là avant la guerre, dans la cité Stavisky, l'autre moitié se composait en parts sensiblement égales de jeunes couples en attente d'une H.L.M., de familles portugaises et d'Antillais travaillant dans le grand centre de tri postal. Une vieille Polonaise, qu'elle aidait quelquefois à monter ses courses, lui avait expliqué que l'immeuble avait commencé à sortir de terre en 1934 mais la mort de l'escroc Stavisky, auquel il appartenait, avait eu pour effet de tout arrêter pendant des années. Une société s'était chargée de l'achèvement des travaux, bricolant la plomberie avec du matériel de récupération, élevant des cloisons avec de la brique de dernière qualité, se fichant de l'étanchéité des terrasses, comme de la sécurité et du confort des futurs locataires.

— Le seul avantage, c'était le prix du loyer. Au début, on ne payait pour ainsi dire rien.

Valérie l'accompagnait jusqu'au sixième et déposait le cabas au fond du couloir étroit, devant la porte blindée. Une fois elle avait évoqué la plaque. La vieille femme l'avait fixée, les yeux humides.

— On l'a bien connu, Jeannot... C'était un drôle de beau gars... Vous êtes trop jeune pour avoir entendu parler de tout ça, mais il s'en est passé des choses ici, dans cet escalier... Des choses qui m'empêchent encore de dormir aujourd'hui.

Elle avait ouvert la porte. Valérie était entrée dans la minuscule cuisine. Le chat avait miaulé en la voyant.

— C'est un véritable chien de garde, il montre les dents quand il voit quelqu'un pour la première fois...

Le matou était venu se blottir dans les bras de la vieille Polonaise.

— Avant Félix Potin, le magasin s'appelait La Ruche. C'était plus petit, et à la place des réserves il y avait une autre boutique, un tailleur. Il a échappé par miracle aux rafles de l'été 42. Il se cachait dans les caves et on était quelques-uns à le savoir, à lui apporter à manger. Un jour la police française a bouclé toutes les sorties de l'immeuble. Ils n'ont pas fouillé les appartements, ni visité les toits. Non, ils savaient exactement où chercher : dans les caves... Je ne sais pas qui l'a dénoncé... On a longtemps dit que c'était les gens de La Ruche, pour récupérer la réserve... Si c'est vrai ça ne leur a pas porté chance : ils sont morts dans leur appartement de la porte de la Chapelle quand les avions anglais ont bombardé la gare de marchandises et que les bombes sont tombées à côté.

Après cette conversation Valérie n'avait plus mis les pieds chez Félix Potin pendant une bonne quinzaine de jours. Elle faisait ses courses au supermarché proche du bureau, traînait ses sacs dans le métro, l'autobus, et entrait dans l'immeuble tête baissée sans un regard pour la plaque, à droite, ni pour l'ancienne Ruche, à gauche. Les ouvriers terminèrent la réhabilitation de l'appartement mitoyen un vendredi d'avril, et il fut occupé au cours du week-end. Valérie s'en aperçut le dimanche dans la nuit en rentrant de Lyon où elle avait rendu visite à ses parents. Les nouveaux voisins devaient avoir posé leur poste radio contre la cloison, à la place exacte de sa taie d'oreiller car, couchée, elle entendait distinctement la voix du speaker dressant la liste des mauvaises nouvelles du monde. Elle se releva, tira son matelas dans le coin opposé et s'endormit, la tête sous les couvertures. Elle croisa son voisin quelques jours plus tard. C'était un jeune homme blond au visage anguleux, habillé de noir, qui grimpait les escaliers quatre à quatre, sans faire le moindre bruit.

Il lui jeta un regard furtif et piqua du nez vers les marches pour ne pas la saluer. Il ne s'était lié à personne dans l'immeuble. La vieille Polonaise ignorait son nom qu'il avait pris soin de n'inscrire ni sur sa porte ni sur sa boîte. Valérie l'entendait rentrer, tard dans la nuit, et il dormait probablement quand elle se préparait pour partir au travail.

La première fois que cela se produisit, elle était presque nue, penchée au-dessus de l'évier, et lavait sa lingerie, à la main. Elle avait paresseusement regardé les deux films du dimanche soir, sur la Une, et il devait être autour de minuit.

Tout d'abord elle avait cru à une bataille de chats dans la cour, autour du local à poubelles mais les cris, les râles ne provenaient pas de la droite. Elle avait collé son oreille à la paroi qui la séparait de l'autre appartement. Un frisson lui avait traversé le corps quand elle avait reconnu les gémissements d'une femme, le rythme de l'étreinte, les appels, les mots chuchotés. Ses cuisses s'étaient resserrées l'une contre l'autre comme pour refréner son propre désir. Elle avait fermé les yeux sur le souvenir de Frédéric, et elle était restée là de longues minutes, le souffle court, appuyée contre le mur. Comme l'autre fois, avec la radio, elle s'était réfugiée au fond de son lit mais le moindre râle l'électrisait et le sommeil avait tardé à venir. Plusieurs fois, les jours suivants, elle ne put s'empêcher d'épier les bruits de l'appartement voisin, de se plaquer contre la porte, aux claquements de serrure, pour vérifier les allées et venues, la pupille écarquillée sur l'œilleton. Elle ne surprit que les sons de la vie ordinaire, et n'aperçut que la silhouette sombre et furtive du jeune homme maigre.

Cela recommença deux semaines plus tard. Valérie venait de rentrer, après avoir passé la soirée avec des amis, dans une boîte de la rue Montmartre. Elle avait cédé aux avances d'un type dont elle savait dès le départ qu'il ne lui faisait pas envie. Elle s'était retrouvée, la jupe retroussée, à l'arrière d'un camping-car garé devant une brasserie, rue Lafayette. Le gars avait voulu jouir dans sa bouche, et elle avait eu toutes les peines du monde à se retenir de lui mordre le gland. Il l'avait insultée quand elle avait détourné la tête, au moment crucial, et que le jet de sperme avait giclé sur la vitre latérale.

Il devait être quatre heures du matin. Perché au faîte du platane de la cour, un merle s'égosillait pour saluer le jour naissant. Elle s'était déshabillée sitôt entrée, et se lavait, pressée de débarrasser sa peau de la sueur, de l'odeur de l'autre quand elle avait cru surprendre des gémissements. Son corps humide avait épousé le mur, imprimant sa trace sur le papier peint parsemé de bateaux bleus.

Elle tendit l'oreille et comprit que c'était lui qui laissait échapper des plaintes. La femme l'encourageait par des « encore », des « oh oui », prières prononcées des millions de fois chaque nuit sans que leur charge d'émotion en soit altérée. Puis d'un seul coup c'était devenu plus passionné, presque violent. Les images de ce corps pesant sur elle, de ses mains refermées sur ses poignets, du dégoût qui lui avait maintenu les yeux ouverts, tout à l'heure, affluèrent. Elle se glissa dans un jean, enfila un pull, recouvrit le tout d'un imper et dévala l'escalier pour se réfugier dans la rue, à l'abri de cette lutte sonore qui trouvait tant d'échos en elle. Une voiture passait de temps en temps sur l'avenue, à pleine vitesse. Les pneus sifflaient sur les plaques de pavés qui réapparaissaient sous le bitume usé. Elle longea un bâtiment en construction, une station-service. Ses pas alertèrent un chien tapi dans un café, entre les tables. Il se jeta sur la devanture, la gueule ouverte, renversant des chaises dans son élan, et se mit à aboyer tout en griffant la vitre. Elle sursauta et fit un pas en arrière. Une rue revenait, en biais, vers l'immeuble qu'elle habitait. Elle s'arrêta dans un petit parc. Un lampadaire éclairait un banc recouvert de tags blancs. Elle s'assit, remonta le col de son imperméable et leva la tête vers le ciel. Le jour effaçait les dernières étoiles. Soudain son regard dériva sur l'immeuble. Les arbres du square dissimulaient les fenêtres jusqu'au quatrième étage. Elle comprit immédiatement que le seul carré de lumière animant la façade correspondait à l'appartement de son voisin. Elle se cala contre le dossier. Au travers des rideaux elle pouvait discerner la silhouette de l'homme, nu, le sexe dressé. Il traversa la pièce, et réapparut une forme féminine à ses côtés. Il prit la femme par la taille, l'aida à se retourner et, la main sur son dos, lui intima de se casser en deux. Valérie demeura là, sous les arbres, les yeux braqués sur le couple ondulant jusqu'au moment où les corps se séparèrent pour s'affaisser sur le sol.

Elle rentra, sans allumer la minuterie de l'escalier, et épia les bruits mitoyens. Seule la rumeur montante de la circulation faisait vibrer la cloison. Elle se leva tôt, le lendemain, épuisant la matinée, l'œil rivé au mouchard pour surprendre la sortie de la femme. En vain.

Elle prit, sans se l'avouer, l'habitude de s'installer dans le square quand le voisin invitait une femme mystérieuse à le rejoindre. Toutes les figures de l'amour défilèrent devant ses yeux, en ombres chinoises au-dessus des branchages. Une nuit de juin où l'orage menaçait, tout bascula. Valérie était assise sur le banc, une cigarette aux lèvres. Là-haut, après les préliminaires, l'homme s'était emparé d'une règle ou d'une cravache. Ses bras s'agitaient en tous sens, frappant les seins, la figure de sa compagne qui semblait pétrifiée. Soudain il avait brandi un couteau et l'avait placé sous la gorge de la femme. Valérie s'était levée et, horrifiée, elle avait couru jusqu'à la cabine téléphonique.

Elle s'était trouvée idiote avec sa pièce de un franc devant la fente aspiratrice de cartes. Sans réfléchir elle s'était précipitée dans l'escalier. La porte se dressait devant elle. Les cris avaient cessé, remplacés par un calme oppressant. Valérie avait appuyé son front contre la porte qui s'était légèrement ouverte, sous la pression. A cet instant précis les cris, étouffés, avaient repris. Valérie trouva assez de courage pour entrer dans la pièce. Son voisin était recroquevillé par terre, près du lit, un cran d'arrêt dans la main, et une poupée gonflable déchiquetée finissait d'expirer entre ses cuisses. Devant lui, posée sur un tapis indien, une télé branchée à un magnétoscope finissait de diffuser les images et les sons d'un film porno, lanières et cuir. Elle s'approcha, partagée entre la pitié et le dégoût. L'homme, les yeux clos, ignorant sa présence, mimait encore le mouvement de l'amour en geignant. Brusquement elle fut sur lui. Son pied se souleva, et la pointe de l'escarpin le frappa en plein front. Prise de rage elle renversa la télé, piétina la cassette éjectée de son logement par le choc. Le jeune homme maigre s'était redressé et il avançait vers elle, à genoux. Il lui enserra les jambes et posa sa tête sur ses cuisses.

— Reste avec moi, je t'en supplie...

Des larmes jaillirent de ses yeux, et elle se laissa tomber.

TIRAGE DANS LE GRATTAGE

Cyrille acheta deux paires de bas, taille large, chez le soldeur de la place des Certaux ainsi qu'une grosse boîte de couches pour adultes incontinents à la pharmacie Dutilleux. Il poussa jusqu'au carrefour des Innocents, par la voie piétonne. Tout avait l'air normal. Il revint sur ses pas et cligna de l'œil, rassurant, en direction de Stan qui le questionnait du regard de l'arrière de la 605. Il se laissa tomber dans le fauteuil plein cuir, près de Norbert, le conducteur, glissa le paquet à ses pieds et déchira à l'aide de ses dents la cellophane protégeant les bas. Les trois hommes en glissèrent chacun un dans leur poche. Norbert fila un coup, du bout de sa chaussure, dans les couches.

— Qu'est-ce que tu veux foutre avec ça ? Tu as peur de faire dans ton froc ?

Cyrille respira profondément. Stan partit d'un rire nerveux, mais se calma au premier mot. Il n'avait jamais réussi à se faire à cette voix grave, à ce ton posé, presque sentencieux... Une voix de serpent... même si ça n'existait pas, c'est à ça qu'il pensait en écoutant Cyrille, à une voix de serpent.

— T'occupe, tout ce qui se passe à l'intérieur, ça me regarde. Pour le moment contente-toi de respecter le timing, tu auras les réponses à toutes tes questions plus tard.

A dix heures moins cinq la Peugeot déboîta et fit lentement le tour du secteur piéton pour venir se garer à l'extrémité de l'avenue Lemelle, le capot pointant sur la place des Innocents. Norbert descendit alimenter le parcmètre en monnaie et retourna à son poste. Cyrille et Stan grimpaient déjà les marches de pierre de la banque Gravelot. Ils pénétrèrent dans le sas et enfilèrent un bas sur leur visage au moment précis où le système électronique déclenchait l'ouverture de la deuxième porte. Stan contourna la table pleine de prospectus et se jeta sur l'hôtesse d'accueil, lui braquant son Magnum sur la tempe. Dans la même fraction de seconde Cyrille s'était précipité vers la caisse. Il brandit la gueule énorme de son pistolet lance-fusées contre la vitre pare-balles. Les bastos de 37 mm de son Webley étaient aussi efficaces qu'un marteau piqueur. Le caissier dut s'en rendre compte car il écarta son pied de la sonnette d'alarme et leva les mains au ciel.

Stan traîna l'hôtesse au milieu de la salle d'attente. Il déchira le paquet de protections pour adultes et lui ordonna d'attacher une couche culotte autour de la tête des employés et des cinq clients présents. Elle s'acquitta de sa tâche en tremblant tandis que Cyrille qui s'était fait ouvrir le coffre, remplissait son sac de voyage de coupures de cinq cents francs. Deux minutes plus tard les deux casseurs refluèrent vers la sortie après avoir sommé les têtes de carnaval de se tourner contre le mur. Dès qu'il les vit émerger, Norbert fit glisser le bas sur ses traits. Il mit le moteur en route et enclencha la première. Les deux portières claquèrent avec un bel ensemble et la 605 traversa le carrefour pour s'engager sur le boulevard Etcheto qui menait directement à l'entrée de l'autoroute.

Ils prirent place dans le flot de vacanciers qui se dirigeaient vers les plages et sortirent au premier péage. Ils roulèrent encore quelques kilomètres avant d'apercevoir leur gîte rural, une fermette de trois pièces à l'écart du village de Saint-Esquirol, que Stan avait loué par téléphone, deux mois plus tôt. Norbert laissa le passage à une famille de cyclotouristes et contourna la maison pour dissimuler la voiture du hold-up aux yeux des curieux. Ils entrèrent dans la cuisine par la porte du cellier. Cyrille souleva le sac de voyage pour le poser sur la large table de campagne. Il fit glisser la fermeture Éclair et renversa les billets sur le bois. Stan, les larmes aux yeux, s'était immobilisé.

— Il y a au moins cinquante briques...

Les mains de Norbert s'agitaient déjà dans les coupures. Une liasse à l'endroit, une liasse à l'envers. Ils vidèrent une bouteille de Ruynart pour fêter les cinquante premiers millions et sa jumelle pour les trente suivants. Stan passait en revue toutes les façons de dépenser sa part au plus vite, bagnoles, voyages, filles, fêtes... Cyrille lui remit les idées en place.

— Ecoute, tu feras tout ce que tu voudras dans quinze jours, quand nous serons à l'abri. D'ici là, on s'enterre comme des ermites dans ce trou et on sort juste ce qu'il faut pour que les gens du coin ne nous croient pas morts. Déjà que ça doit faire jaser, trois mecs dans une villa...

L'attaque de la banque Gravelot fut annoncée au journal de treize heures d'Antenne 2. Le reporter insistait sur la cruauté des gangsters : l'un des clients pris en otage avait failli mourir étouffé par sa couche-culotte. Le directeur de l'agence estima le montant du vol à plus de cent millions. Norbert bondit de son siège.

— Écoute-le, cet enculé ! Il en profite au passage pour prendre vingt briques de plus aux assurances... On me l'aurait dit, je l'aurais pas cru !

Cyrille le fit taire.

— Attends une minute, c'est toujours important de comprendre comment ils réagissent, au début.

L'objectif de la caméra s'était concentré sur le visage du directeur.

— C'est la première fois dans l'histoire pourtant centenaire des établissements Gravelot qu'une de nos agences est attaquée, et croyez bien que je mettrai tout en œuvre pour que ce soit également la dernière. Je viens de consulter le président du conseil d'administration, et il approuve ma décision d'offrir une prime de vingt millions de centimes à quiconque donnera des renseignements conduisant à l'arrestation des voleurs.

Cyrille se tourna vers Norbert.

— Voilà à quoi ils vont servir les vingt patates supplémentaires, à faire baver le populo. Vous êtes prévenus les gars, la chasse est ouverte, c'est plus des tronches qu'on a, mais des billes de loto !

Ils tuèrent le temps jusqu'au soir en mangeant des grillades, en jouant aux tarots et surtout en regardant une partie du lot de cassettes vidéo que Stan avait amenées quand on lui avait signalé que le gîte venait d'être classé « quatre épis » grâce au magnétoscope récemment installé par les propriétaires. *Rocky IV, Scarface, Le Cercle des poètes disparus,* dans l'ordre... Le journal du soir rediffusa la déclaration du directeur. Sa proposition fut approuvée, en direct, par le commissaire en charge de l'enquête qui, pressé par le journaliste, admit que le coup avait été minutieusement préparé, « un modèle du genre » selon son expression, et qu'il pensait que le « Trio Pamper's » avait sûrement profité de la ruée sur les plages languedociennes pour passer en Espagne.

Ils se couchèrent tôt, les nerfs soudain dénoués après plusieurs semaines de veilles, de filatures, de répétitions, d'angoisse. Ce fut Stan qui se réveilla le premier, vers neuf heures du matin. Il se précipita dans la cave, impatient de mettre ses rêves en accord avec la réalité. Il ouvrit la grosse poubelle métallique dans laquelle ils avaient rangé le magot, et se mit à rire, les mains plongées dans les billets. C'est le cœur en fête qu'il remonta préparer le petit déjeuner. Cyrille et Norbert débarquèrent en traînant les pieds alors qu'il sortait les toasts du grille-pain. Il augmenta le son de la radio. *Shake it Baby*... Le tempo de John Lee Hooker, bluesman du fond des âges, leur redonna un peu d'entrain avant que la voix perde de son volume et s'efface derrière un crachotis de fréquences. Stan remua le transistor en tous sens.

— C'est les piles... Et on n'en a pas de rechange !

Cyrille se contenta de boire le fond d'un bol de café. Il s'habilla en vacancier flemmard, jean, chemisette, tongues, et prit la mobylette pour aller faire les courses à Pinel-le-Grand, un village situé après la forêt, à l'opposé de Saint-Esquirol où il valait mieux éviter de trop se montrer. A hauteur de la station-service des ouvriers installaient une banderole annonçant le programme des festivités du 14-Juillet. Un bouquet de drapeaux tricolores tapissait le fond de la benne de leur camion. La caissière de la superette Casino, une femme tellement sèche que Cyrille ne put s'empêcher de penser qu'il s'agissait de l'épouse de Justin Bridou, officiait depuis son perchoir, une chaise de dactylo réglée à la hauteur maximum. Il renversa son casque dont il s'était servi comme d'un panier sur le tapis roulant et, l'air de rien, décrocha trois titres du présentoir : *France-Soir* ainsi que les deux journaux régionaux. Les longs doigts nerveux de la gérante frappèrent les touches de la machine comme des becs de poule picorant du grain. Cyrille fit une pause au milieu de la forêt, à l'écart de la route, dans une clairière aménagée en aire de pique-nique. *Le Courrier du Comtat* et *Vaucluse-Matin* reprenaient en première page les dépêches de l'A.F.P. qu'ils assaisonnaient à leur propre sauce, passéiste pour le premier, sécuritaire pour le second. Si *France-Soir* reléguait le casse en page cinq, le court article qu'il consacrait au hold-up avait le mérite d'être « fait maison ».

LE TRIO PAMPER'S VICTIME D'UNE FUITE ?

Contrairement à ce qu'avançaient les enquêteurs juste après le vol à main armée dont a été victime l'agence vauclusienne de la banque Gravelot, les malfaiteurs, dont le chef serait d'ores et déjà identifié, n'auraient pas quitté le territoire français et se cacheraient dans la région avec les cent millions de centimes prélevés dans le coffre. Le montant exceptionnel de la prime de vingt millions offerte par la direction du groupe bancaire ne semble pas étranger à l'afflux de renseignements qui arrivent à la police.

Cyrille déchira le journal et en dispersa les morceaux dans les taillis. Il coupa à travers les bois pour rattraper le chemin de terre qui passait derrière la fermette. Il freina au sommet d'une butte en apercevant le mur bleu nuit des camionnettes de gendarmerie qui enserraient le gîte. En clignant des yeux il crut reconnaître les silhouettes de Stan et Norbert qu'on emmenait vers un fourgon. Allongé entre deux rangs de vignes il attendit que le convoi reparte vers Saint-Esquirol, par la départementale, avant d'aller se mettre à l'abri dans la forêt. Cyrille fit l'inventaire de tout ce qu'il lui restait : une mobylette, un casque, un automatique, deux litres de mélange, trente-deux francs, quatre piles LR6, deux canards régionaux, une boîte de ravioli et trois paquets de clopes. Il patienta jusqu'au milieu de l'après-midi pour déchiqueter le couvercle de la conserve à l'aide d'une pierre et manger les pâtes figées dans leur sauce en les pêchant à l'aide d'un morceau de bois. Il dormit dans un creux de terrain, protégé du froid nocturne par les feuilles des journaux sur lesquelles il avait disposé des branches de cerisiers. Au matin, la faim le poussa vers Saint-Esquirol. Il s'assit au fond de la salle du tabac, à une table qui restait dans l'obscurité et commanda un café et des tartines. Il se mit à manger lentement, avec application, comme si cela avait la vertu de décupler le pouvoir énergétique des aliments. Il dressa l'oreille en surprenant quelques mots d'une conversation, derrière lui, et se retourna discrètement. Deux paysans discutaient de l'irruption des flics, la veille, chez Anaïs. Celui qui parlait porta son verre à sa bouche puis le reposa sans y avoir trempé les lèvres. Il se pencha.

— A ce qui se dit, ils n'ont pas tout retrouvé de l'argent... Il manquait vingt ou trente millions... Il paraît que c'est le dernier gangster qui est parti avec... Moi, je ne suis pas dans le secret des dieux, mais quand un type vous lâche avec sa part et que la police arrive une heure après, je dis que c'est pas catholique... Si tu veux mon avis, c'est lui qui les a donnés.

L'autre haussa les épaules.

— Ça arrive peut-être, mais là, je peux te dire que tu te fous le doigt dans l'œil ! Je sais qui a causé pour empocher la prime...

Cyrille retint son souffle.

— Qui c'est ?

L'autre fit durer le suspense en vidant son verre jusqu'à la dernière goutte.

— Tu connais le père Chassagne...

— Oui, celui qui habite dans l'ancienne bergerie de Chorcat, avant le petit barrage... Je me méfie de lui, il ne parle jamais à personne mais il est toujours en train de traîner...

— Justement ! Eh bien, figure-toi qu'hier soir en revenant de vérifier mes filets à la rivière, je suis passé comme d'habitude au ras de ses fenêtres. Je ne sais pas ce qui m'a pris mais je me suis arrêté pour regarder à l'intérieur... Il me tournait le dos, assis à sa table, et comptait des liasses de billets neufs. J'en ai jamais autant vu de ma vie...

Cyrille laissa treize francs près de la tasse vide et s'enfonça le casque sur la tête avant de sortir du recoin obscur. Il enfourcha la mobylette. Lors des repérages il avait souvent vu les panneaux qui indiquaient la direction de Chorcat. Il se souvenait même avoir traversé le village, dix maisons serrées autour d'une église courtaude. La maçonnerie claire du barrage se distinguait à travers un rideau de peupliers. Une rivière prenait naissance après la retenue et son cours venait frôler une maison basse enfouie dans la végétation. Il abandonna la mobylette dans le fossé, à l'abri des regards, et s'approcha de la bergerie. Le vieux était seul. Il grattait des pommes de terre avant de les jeter dans une marmite accrochée à la crémaillère de la cheminée. Cyrille se décida d'un coup. Sa main se referma sur la crosse du pistolet. Son pied frappa la porte, faisant voler le verrou. Le père Chassagne, plus valide qu'il ne l'avait pensé, faisait face, son couteau à la main.

— Qu'est-ce que vous voulez ?

— Tu sais bien ce que je viens chercher, espèce de donneuse ! Donne-moi le fric, je suis pressé...

Le vieux fit semblant de capituler et d'aller vers la chambre. Soudain il baissa la tête et se mit à courir droit sur Cyrille, le couteau pointé en avant. L'automatique claqua par deux fois. Le rescapé du Trio Pamper's s'approcha de la fenêtre pour vérifier que les coups de feu n'avaient pas été entendus. Après avoir renversé tiroirs et étagères, il trouva l'argent que Chassagne avait jeté en vrac dans un sac de chez Auchan et dissimulé derrière une barrique de vin.

A Paris, Pierre Noirobed, l'animateur du jeu « Le Million », se détendait dans sa loge en compagnie de Fabrice, son assistant. Dans le coin supérieur, au-dessus du miroir, une petite télé diffusait le journal. Il suait sang et eau depuis le matin pour trouver de quoi alimenter son quart d'heure hebdomadaire. Huit heures de boulot pour enregistrer dix candidats endimanchés, plus tartes les uns que les autres. Ils avaient fait tourner la roue, empoché entre vingt et cent bâtons mais ce n'est pas pour ça qu'ils étaient devenus plus intelligents ! Le mois précédent, devant la médiocrité des gagnants, la production avait décidé de remettre à chacun une cassette vidéo de son exploit en échange d'une signature au bas d'une lettre qui spécifiait que le passage à l'antenne n'était pas obligatoire. Il se rejeta en arrière pour faire rouler les dernières gouttes de son Perrier menthe et se redressa en voyant le visage du père Chassagne sur l'écran. Fabrice monta le son au maximum.

La région du Comtat occupe ces jours-ci la une de l'actualité. Après le hold-up de la banque Gravelot et l'arrestation de deux des malfaiteurs dans une fermette de Saint-Esquirol, c'est au tour du petit village de Chorcat de faire parler de lui. C'est en effet en début d'après-midi que des vacanciers, intrigués par la porte défoncée d'une bergerie, ont découvert le cadavre de l'occupant des lieux. Ce dernier, M. Chassagne, vivait dans un état proche de la misère et les gendarmes orientent leurs recherches vers les marginaux, les rôdeurs qui envahissent la région aux beaux jours.

Pierre Noirobed serra les poings.

— Putain, pour une fois qu'on avait un vieux qui crevait l'écran, il faut qu'on nous le flingue !

Fabrice se prit la tête entre les mains.

— Il n'aura pas profité longtemps des trente briques qu'il avait gagnées la semaine dernière... Qu'est-ce qu'on fait de son tour de roue, on le garde quand même pour l'émission de demain ?

— Non, tu me fous tout à la poubelle. Il y a dix millions de types qui grattent un billet chaque semaine pour passer à la télé... Ils ne sont pas cons au point de continuer si c'est dans la rubrique des faits divers.

VOIX SANS ISSUE

L'aiguille glissait en silence derrière le plastique sérigraphié des fréquences de la bande F.M., accrochant des bribes de programmes. Sur France-Culture un type s'échinait à faire grincer les dents de son peigne sur une râpe à fromage sans se douter qu'à moins d'un mégahertz de là, sur Radio-Ménilmontant, le souvenir vocal de Bobby Lapointe bégayait la promo du pays te-gue-de-Castille où vivait tu-gu-d'une-fille. Le doigt de Vanina bloqua le bouton. Elle chercha à capter la station en tirant la molette vers le bas, l'extrémité de son ongle sur les crans. Une concentration de larsens, de friture, de ronflements, de gargouillis... Elle approcha son oreille du transistor, la posa contre la grille minuscule derrière laquelle vibrait l'amplificateur, et son ongle imprima un imperceptible mouvement de va-et-vient à la commande.

La voix de Bruno se fraya un chemin au milieu des ondes en souffrance, comme guidée par l'index manucuré. Vanina parvint à éliminer les vibrations funk de Futur Génération en déplaçant lentement la radio sur l'oreiller, et releva le drap sur son visage. Elle plia les jambes en les écartant légèrement. La douce lumière du cadran éclaira son corps. Elle ferma les yeux et sa main dériva sur ses seins, son ventre, l'intérieur de ses cuisses.

Ici Bruno sur Solitude F.M. fréquence 94.2... Je ne sais pas qui tu es, comment tu t'appelles mais je sais que tu m'écoutes... Ce soir tu es certainement blonde et tes lèvres ne se lassent jamais de la caresse de ta langue...

Vanina crut percevoir un bruit de pas dans le dortoir et baissa le volume. Elle tira le drap et plissa les yeux pour observer l'alignement des lits, dans la pénombre. Elles dormaient toutes en aspirant l'air chacune à sa façon, de la bouche ou du nez, d'un coup ou par saccades, en silence ou en fanfare... Apaisée, elle se retira, à l'abri sous sa tente, et redonna son ampleur à la voix de Bruno. L'écho d'une musique berbère s'évanouit dans l'espace.

... Je ne peux que t'imaginer, te dessiner dans mon esprit avec le pinceau malhabile des rêves... Mais comment parviendrais-je à recréer ton parfum, le souffle tiède de ta bouche, le mouvement harmonieux de ton épaule quand tu te coiffes...

Ses doigts se laissèrent aller. *Comment vivre sans entendre tes soupirs, étouffer tes cris avec ma paume...* Elle sentit une plainte monter de sa gorge et réussit à la maintenir prisonnière dans son corps. La voix de Bruno faiblissait maintenant, comme recouverte par des millions de craquements microscopiques. Elle continua à se caresser d'une main tout en cherchant de l'autre à placer le transistor dans l'axe idéal.

Soudain le ciel se déchira et la lumière d'une torche figea le désastre de son corps amaigri. La lumière jaune détaillait ses seins flasques, son ventre ridé, ses cuisses amaigries, son pubis aux poils blanchis. La voix de la surveillante résonna dans le dortoir endormi.

— C'est bien ce que je pensais ! Encore en train de faire vos saletés, madame Ballié... Si vous ne vous calmez pas, je vais être obligée de prévenir vos enfants et de leur demander de vous changer de maison de retraite... C'est ce qui vous pend au nez...

Vanina prit le transistor, le pressa contre son cœur et à genoux sur son lit se mit à hurler le prénom de l'animateur de Solitude F.M.

LES ALLUMEUSES SUÉDOISES

Jacques Vidal a tourné une heure dans le quartier Poissonnière, avalé trois cafés, acheté *Le Monde* et lu les articles sur les événements d'Algérie (ça barde dans le Constantinois) avant de se décider, d'un coup, à venir coller son nez à la vitrine. Une série de photos banales, un panneau répertoriant les critiques parues lors de la sortie du film, cinq ans plus tôt : *Harriet Andersson n'est pas une révélation puisqu'elle se déshabille aussi souvent que Martine Carol* (Combat), *Ici la passion se traduit par l'exposition non voilée des charmes de la jeune personne* (L'Aurore), *Sous prétexte d'un « retour à la nature » on n'hésite pas à nous montrer des images qu'il faudrait avoir beaucoup d'indulgence pour ne pas qualifier de pornographiques* (Radiocinéma). Le calicot rameute les amateurs en faisant claquer le titre du film « *Monika et le désir,* interdit aux moins de dix-huit ans ». Il faut plisser les yeux pour lire le nom du réalisateur, Ingmar Bergman. Une affichette manuscrite mal scotchée sur un pilier bat au rythme du vent de novembre : *Par le réalisateur du « Port des filles perdues », de « L'Attente des femmes », et de « Une leçon d'amour »*. Jacques Vidal a senti les regards des passants qui pèsent sur son dos, la sueur perle à son front, malgré le froid. Il s'est dirigé vers la petite file d'attente, les yeux baissés sur ses chaussures, et s'est plongé dans le journal. Pourvu qu'on ne lui demande pas son âge... Il ne s'aperçoit pas qu'il est seul devant le guichet. La caissière, même tête fourbue de dealeuse de rêve que sa collègue vendeuse de billets de Loterie nationale rue des Martyrs, l'a tiré de son refuge imprimé.

— Alors vous rentrez ou vous restez dehors ? Faut se décider !

Jacques Vidal a rougi, posé une pièce de cinq francs argentée et ramassé le petit carré échancré qui lui promet une heure et demie de bonheur. Il lui faut encore franchir le péage de la placeuse, vingt centimes dans l'obscurité, avant de s'installer dans le fauteuil. Il n'a jamais entendu parler du livre de Fogelström à l'origine du scénario. Il ne voit pas la misère ouvrière de Stockholm, la femme s'échinant sur le linge, le père ivre se cognant aux murs. Ne s'inscrivent dans sa mémoire que les images qu'il est venu chercher dans la salle du Midi-Minuit : la main remontant sous la jupe, le regard lassé de Monika, les baignades au soleil d'été, les seins mouillés, frémissants. La nudité finale d'Harriet Andersson...

Quand il est sorti les premiers néons maquillaient de bleu les pavés du boulevard. Il a fait vingt mètres et s'est jeté dans l'anonymat du café-tabac, juste avant la cantine de *L'Humanité*. Un homme l'a abordé qui dit s'appeler Paul-Louis, il a commandé un grog au cognac. Il imite Michel Simon à la perfection et parle cinéma sans fin, assurant les questions et les réponses.

— Drôle de plaisir que le Midi-Minuit ! Venir ainsi, dans une salle obscure, se faire tripoter les imaginations par des imitateurs de fantômes... *(La réplique prend les accents approximatifs de Julien Carette.)* Voyons, voyons, ne jouez pas les naïfs. Tout le monde aime cela. Même la pieuvre aime qu'on la chatouille... C'est de Daumal, vous connaissez ?

Jacques Vidal but sa tasse d'un trait en se promettant de ne plus mettre les pieds dans le quartier. Les mois suivants il se procura *Ciné-Revue* et prit ses habitudes au Cinévog Saint-Lazare. La salle se remplit et se vide au rythme des arrivées des trains. Il dut endurer des dizaines de films naturistes embarrassés d'interminables reportages touristiques pour une bobine qui soit à la hauteur du titrage. C'est là qu'il découvrit la fabuleuse Essy Persson dans *Je suis une femme* de Mac Ahlberg. L'histoire de Siv, une jeune infirmière de Copenhague révoltée contre ses parents et séduite par l'un des malades placés sous sa surveillance, ne le transporta pas d'enthousiasme. En revanche il fut séduit par ses blouses blanches entrebâillées, son acceptation des jeux érotiques, l'utilisation curieuse du matériel médical même s'il n'acceptait pas encore le refus de Siv, lors de la dernière scène, de troquer le blanc de la blouse contre celui de la robe de mariée... En 1966 il assista cinq fois de suite à la projection de *Sophie de 6 à 9* qu'il revit trois ans plus tard, au Lord Byron, retitré moins mathématiquement *Sensuellement suédoise*.

Il eût été fort étonné d'apprendre que le réalisateur, Henning Carlsen, disciple d'Alain Resnais, avait intitulé son film *Mennesker mdes og sod musik Opstaar I Hjertet*, approximativement : *Des êtres se rencontrent et une musique douce emplit leur cœur...*

Il eut la chance de ne pas louper une *Carmen Baby* danoise, librement inspirée de Prosper Mérimée, et une adaptation érotique suédoise de *Thérèse et Isabelle* de Violette Leduc avec Essy Persson filmée par une femme cinéaste, Maï Zetterling. Les kiosquiers des places Blanche, Clichy, Pigalle et d' Anvers commencèrent à descendre les revues spécialisées accrochées à l'aide de pinces à linge aux fils les plus hauts de leurs présentoirs. La clientèle relevait la tête. C'est grâce à l'une d'elles que Jacques Vidal apprit la sortie des deux versions de *Je suis curieuse* de Vilgot Sjöman. Une jaune et une bleue en hommage dérisoire au drapeau suédois. Il se délecta au spectacle de Léna faisant l'amour devant le Palais royal de Stockholm sans savoir que la musique accompagnant le va et vient de la sentinelle impavide n'était autre que l'hymne national suédois. Une sorte de *Marseillaise moi non plus* en reggae... Il sourit quand Léna annonce, amusée, à Börje son nouvel amant qu'il porte le dossard n° 24. Jacques Vidal se sentit bien dans sa peau, pour la première fois dans cette salle en contemplant les scènes d'amour filmées comme une activité naturelle dénuée de tout péché. Il supporta les interventions inopportunes de Olof Palme, ministre de l'Education nationale, donnant son point de vue sur l'éducation sexuelle, du poète soviétique Evtouchenko vantant les mérites du socialisme, des tirades sur la bombe atomique, le Vietnam, le pacifisme... La Femme ne lui faisait plus peur, elle conduisait les jeux érotiques avec science, sûreté. L'amour était soudain débarrassé de tout le fatras psychologique, de toutes les tortures que s'infligeaient les personnages avant de se joindre.

Il s'en fit la réflexion bien plus tard, mais cette fois il ne pensa pas un instant à sa mère... Le péché et la mère engloutis, il ne vivait que pour Léna la Curieuse qui voulait tout savoir sur l'avortement, les produits contraceptifs, les caresses, la jouissance. Il sortit ébranlé du Bonaparte, s'interrogeant sur le rêve final de Léna au cours duquel elle accorde ses faveurs à tous les membres de l'équipe de foot de Mariannelund avant de châtrer son amant infidèle, Börje. De même qu'il se souvint des mois entiers de la réflexion de Britt se refusant à son partenaire Björn, dans *Le Péché suédois* : « Non, je ne veux pas faire l'amour avec toi, je ne pourrai jamais parce que tu trouves que c'est une chose laide, honteuse... » Il se permit de rire à l'unisson des autres spectateurs quand la commission de censure habilla le bas-ventre des héros de *Elle veut tout savoir* d'une bande noire du plus pitoyable effet. Jacques Vidal connut le summum du bonheur avec *Sous les caresses du vent nu* de Hoglund. L'attente du printemps suédois, le recul des ténèbres hivernales et la présence violente, envoûtante, de la nature transfiguraient les scènes d'amour faisant du film un incomparable hymne à la vie. Il ne mit jamais les pieds en Suède, ne montant pas plus haut qu'Amsterdam où il fit le tour des sex-shops dont on ne faisait que parler en France, emplissant son sac à dos de revues hard qu'un douanier égrillard ne manquera pas de saisir au poste frontière.

Il se maria trois ans plus tard avec une petite Italienne, brune aux cheveux bouclés, rencontrée lors d'un bal de 14-Juillet à la Contrescarpe. Leur fille, Eva, naquit en 1975. Jacques Vidal ne manquait pas une seule manifestation cinématographique du Centre culturel suédois, et l'alibi institutionnel lui permit de voir, sa femme à ses côtés, *Jeux de nuit* et *Troll* de Vilgot Sjöman sorti en salle sous le titre *Fais donc l'amour, on n'en meurt pas...* Le porno cru l'éloigna du circuit, et bientôt il ne se risqua plus à rôder devant les calicots. Il s'abonna à une revue cinéma bon chic bon genre qui ne dédaignait pas chroniquer la litanie des films en « euse » : grimpeuse, triqueuse, pompeuse, nicheuse, monteuse, ouvreuse. Alors, heureuse ? Il ne renouvela pas l'abonnement quand le critique décortiqua *Langues chaudes* en commençant de la manière suivante :

Salle de classe : 4F+1H — 2F / 1H + 2F	Rôle initiateur de l'école par détournement et renversement des rapports maîtres/élèves (nombre impair posé comme anormal : « je viendrai avec un copain »).

Un dimanche soir de juin 1991 Jacques Vidal rentra assez tard d'un séminaire informatique organisé par l'entreprise. Sa femme était couchée et sa fille, Eva, regardait la télé en grignotant du chocolat. Il se débarrassa de sa veste et de son attaché-case et l'embrassa en regardant distraitement l'écran. Il reçut l'image comme un coup de poing en plein ventre : Harriet Andersson promenait ses seins nus, humides, impudiques, provoquant le désir de Lars Ekborg. Il prit la télécommande et zappa sur la Une.

— Mais, papa, qu'est-ce que tu fais ?

Il bafouilla.

— Je t'interdis de regarder les saletés de Canal+ ! N'importe comment je suis décidé à arrêter l'abonnement...

Eva le regarda, interloquée.

— Tu délires ou quoi ? J'étais sur FR3, ils ont programmé une rétrospective Bergman. C'est super, ça s'appelle *Monika*...

RAFLE EN DIRECT

Sur l'écran le Président momifié, adossé à l'obélisque, regardait son vingtième défilé du 14-Juillet, le cinquième de son troisième septennat. Le soleil l'obligeait à cligner des yeux et le plissement de sa peau découvrait une rangée d'incisives encore prêtes à servir. Les Ouragans Chirurgicaux, vainqueurs de la dernière campagne de Croatie, survolaient les Champs-Elysées en rase-mottes, tandis que la Division Desgas, tel un mille-pattes géant, martelait en cadence le bitume chaud de la plus belle avenue du monde. Les soldats crapahutaient aux accents martiaux de *Faut qu'ça saigne*, une marche qui avait cartonné au Top 50 toute la durée de la cinquième intervention des forces coalisées au Brésil. Pol-Jan Good, à qui l'on avait confié la mise en scène des festivités du premier 14-Juillet du troisième millénaire, rayonnait près de la vice-présidente, Edith Cruchon. Celle-ci tentait de maintenir sur elle le regard bleu du scénographe, oubliant un instant les bruits insistants qui couraient à propos des mœurs contre nature des Anglo-Saxons en général et des artistes en particulier. Good abaissa la visière de sa casquette léopard pour fuir les œillades de la vice qui, circonstance aggravante, ressemblait à la mère de sa première femme. Les saints-cyriens, des roses blanches glissées dans les guêtres, fermaient le cortège militaire. Juste derrière venaient les représentants des provinces de France, chaque groupe précédé d'un orchestre régional, mineurs survivants entonnant *Le P'tit Quinquin*, vieux sidérurgiste post-retraité sifflotant *En trépassant par la Lorraine*, R.M.iste auvergnat psalmodiant *Un sou c'est un sou*, marin rabougri de La Ciotat chevrotant sur *La Mer* et ses golfes clairs, paysan breton binioutant le *Blues du chou-fleur*, éleveur normand ânonnant le *Rap du quota*... Ensuite les ressortissants de toutes les nations du monde défilaient par ordre alphabétique du nom du pays. Petites délégations d'Albanais perdus dans le flot sévère d'Algériens barbus, Moldaves graves entourés de Malgaches en chemises multicolores, Herzégoviniens emprunlés côtoyant des Hongrois déchaînés, indépendantistes luxembourgeois et fondamentalistes suisses séparés par un service d'ordre musclé, Espagnols ironiques et Estoniens appliqués, Marocains libres entourant le dernier des Mohicans...

Les cortèges venaient s'échouer au pied de l'obélisque et de sa tête de proue présidentielle. Les services de la vice, des petits hommes habillés de jaune qui s'affairaient pareils à des fourmis, séparaient les groupes constitués: les pays membres de la Communauté de l'Europe Nouvelle et Réaliste à droite, vers le pont de la Concorde, les pays subsidiés à gauche, vers la Madeleine. La Fête européenne se poursuivit le long des quais, et la Seine, généreuse de ses reflets, multipliait le nombre des manifestants par deux.

Dix mille cars aux armes de « Paris-Vision », « Berlin-Rama » ou « London-Light », stationnaient de l'autre côté, autour de l'église de la Madeleine et sur les boulevards. Des hôtesses bilingues installèrent les groupes constituant *le reste du Monde* sur les banquettes, et l'impressionnante file d'autocars traversa Paris. Les commentaires décrivaient les monuments, les rues, en empruntant toutes les langues de la planète. *Gare Saint-Lazare, Pigalle, Stalingrad, Abattoir des Sciences et Techniques, Aubervilliers, Blanc-Mesnil, Parc des Expositions Villepinte Paris-Nord...*

Certains comprirent en entendant: *Aéroport Roissy-Charles de Gaulle...* mais il était trop tard.

Le 15 juillet 2000 à l'heure du premier journal télévisé, la France se réveilla normale.

Ni noire, ni jaune.

Ni bleue, ni rouge.

Blanche et grasse.

POURSUITE TRIVIALE

La veille le score journalier des Fournier s'élevait à vingt-cinq mille trois cent deux points et ils avaient donc gagné le droit de dormir six heures et douze minutes chacun. Les voisins qui, une fois de plus, avaient complètement loupé leur journée et ne disposaient que de deux heures de repos par personne, avec un total ridicule de huit mille cinquante points, s'étaient relayés devant leur mur-écran jusqu'au petit matin, le bouton de l'effet sunseround au maximum, les empêchant de profiter pleinement de leur nuit. Ils s'étaient réveillés de mauvaise humeur, frustrés de leurs rêves, et la mère, Simone Fournier, s'était précipitée vers le grille-pain sans même prendre le temps de passer une robe de chambre. La moindre seconde comptait. Elle prépara les morceaux de baguette à la bonne dimension, brancha l'appareil et son doigt se posa sur la commande d'accès à l'autorisation de mise en service. Un voyant orangé clignota trois fois de suite. Une voix de synthèse fit vibrer l'amplificateur du grille-pain :

— Bonjour, Simone. Bien dormi ?

Elle esquissa une grimace désolée en montrant le mur

mitoyen. Le grille-pain se mit à rire avec un vieux bruit de résistances secouées.

— C'est la vie, Simone... Première question de la journée... Quel est le nom de la première speakerine de la télévision française ?

Simone Fournier tira un siège de dessous la table et se laissa choir pesamment. Elle leva la tête vers l'horloge qui avalait les soixante secondes imparties pour les questions orangées. Son fils Joël émergea de la chambre du fond, les cheveux dressés, sa veste de pyjama ouverte sur son torse glabre. A mi-parcours il profita de ce qu'il avait la bouche ouverte par un bâillement pour prononcer sa première phrase matinale.

— Hé, m'man, t'as réussi à faire démarrer le grille-pain ?

Elle lui ordonna de se taire en désignant la pendule et se tourna vers lui.

— Tu te rappelles du nom de la première speakerine ? Elle s'appelait comment déjà ?

— J'étais pas né... Danièle Gilbert ?

— Moi non plus je n'étais pas née ! Ce n'est pas ça... Danièle Gilbert c'était la femme de Sabbagh... Ah... Je l'ai sur le bout de la langue... Voilà, ça me revient : Joubert, Jacqueline Joubert !

Les lampes disposées à la base du grille-pain composèrent les couleurs de l'arc-en-ciel et la famille Fournier, Simone, Félix et leur fils Joël, s'installa pour le petit déjeuner avec mille points au compteur. Il restait un peu de café de la veille et ils le burent froid, ce qui leur évita de devoir risquer d'en être privé en ne répondant pas à la question de mise en marche de la cafetière électrique. Ils préféraient d'un commun accord ne pas marquer de points et s'irriguer le sang de la caféine nécessaire pour surmonter les épreuves qui les attendaient. Joël trempait son pain doré dans son bol, les yeux rivés au transistor. N'y tenant plus, il tourna la molette sur ON, guettant les voyants. La danse des diodes prit fin sur le vert et une voix de femme le salua avant de lui soumettre sa question.

— Quel était le prénom de l'amiral Nelson ?

Joël Fournier sauta en l'air en poussant un cri de victoire. Il exécuta un tour de cuisine sur un pied et embrassa sa mère sur le front.

— Fastoche ! J'ai tous ses disques... *Be-bop Baby, Teenage Idol, Stood Up*... Il a même joué dans *Rio Bravo* avec John Wayne. J'ai vu le film trois fois. Je ne connais que lui, c'est Ricky Nelson...

Le transistor s'éteignit aussitôt et la fente située sous le compartiment des cassettes éjecta un petit carré de papier. Félix le saisit et le lut à haute voix.

— Espèce d'imbécile, elle ne te parlait pas du chanteur de rock mais de l'amiral Nelson... C'était Horatio son prénom. Réfléchis avant de l'ouvrir, ta précipitation nous coûte deux mille points... Maintenant on en est à moins mille...

Joël essaya de se justifier.

— Oh, me dispute pas, fallait le savoir que son père était dans la marine... Je ne suis pas tombé loin.

Simone Fournier vida d'un trait son bol de café et s'estima suffisamment courageuse pour enlever les draps des lits, retourner les matelas et aérer les armoires. Elle rassembla le linge sale au milieu du couloir afin que Félix ne puisse pas faire autrement que le voir et le porte dans la salle de bains. Il l'enfourna dans la machine lavessoreuse biotonique et s'aperçut que le compteur de poudre télé-active flirtait avec le négatif.

— Simone ! Viens voir, on est à court de poudre...

Elle accourut et tenta de faire remonter le niveau en tapant sur la glace de l'indicateur. Un voyant rouge vif s'alluma et la machine fit entendre un roulement de tambour. Une voix monta de l'essoreuse.

— Vous venez de tilter. Question de blocage : qui a dit « Donnez-moi deux pages de la Bible et je vous fais un film » ?

Félix se planta devant la glace et observa les progrès de la calvitie sur son front. Le reflet de sa femme fixa le sien. Elle se jeta à l'eau.

— Ça ne peut être que Jean-Luc Godard ou Cecil B. De Mille...

L'essoreuse s'impatienta.

— Je vous rappelle qu'il s'agit là d'une question de blocage tiltée qui ne vous rapporte aucun point et que vous n'avez droit qu'à une seule réponse. Il vous reste dix secondes. Alors, Simone ?

Elle referma le couvercle de l'appareil pour ne pas assister à la destruction de son trousseau qui résulterait d'une mauvaise réponse.

— Bon, alors Cecil B. De Mille, à tout hasard.

Le réservoir s'emplit instantanément de poudre téléactive et la lavessoreuse entama son cycle ronronnant. Simone repoussa la main de Félix qui s'aventurait sous sa chemise de nuit.

— Laisse-moi, je t'en prie, il fait jour, ça va encore nous coûter dix mille points... Va plutôt promener le chien, il ne tient plus...

Leur bâtiment, de construction trop ancienne, ne comportait pas de « cynonette », ces pièces autonettoyantes qui équipaient maintenant les appartements des familles tenues de posséder un animal. Félix s'empressa de refiler la corvée à son fils qui ne pouvait plus se retourner vers personne. Joël retrouva la laisse sous un paquet de vieux journaux et la passa au cou du cabot dont l'existence était resserrée comme une noix autour de sa vessie. Il glissa la clef dans le verrou et l'œil-de-bœuf s'irisa de violet.

— Bonjour, Joël, bonjour, Blackie...

Joël regarda sa bestiole assise sur son derrière, les yeux noyés d'urine, puis approcha ses lèvres de l'œil-de-bœuf.

— C'est pas Blackie... Blackie on l'a perdu il y a au moins six mois en revenant de vacances. Lui c'est Pataf. P.A.T.A.F. Compris ?

Les éclairs violets se firent plus soutenus. Le chien fit entendre quelques gémissements furtifs en se souvenant que cette maudite porte avait refusé de s'ouvrir, une semaine entière, et qu'il avait dû bloquer son envie pour ne pas subir le sort de Blackie, son prédécesseur...

— C'est noté. Question lilas pour cinq mille points : où le général de Gaulle a-t-il déclaré « Je vous ai compris » ?

Joël passa la tête dans la salle de bains. Sa mère étendait le linge, juchée sur un tabouret.

— Dis, m'man, c'est bien dans sa baignoire que de Gaulle a dit « Je vous ai compris » ?

Elle laissa tomber ses bras le long de son corps dans un geste de profond découragement.

— Bougre d'idiot tu confonds avec Archimède ! De Gaulle, lui, il n'a rien inventé. Il n'avait pas besoin, il comprenait tout du premier coup... A Alger, à Dunkerque, à Tamanrasset...

— Mais il me faut une seule réponse, m'man, laquelle je choisis ?

Elle reprit une taie d'oreiller dans la cuve de la lavessoreuse.

— Va pour Alger, c'est de là que tes ancêtres sont partis il y a un siècle, en 1962...

Le souvenir vivace des aïeux pieds-noirs permit aux Fournier d'engranger cinq mille points et au cabot de retrouver un sourire placide. Un peu plus tard, Félix réussissait l'exploit de se raser et d'empocher mille points supplémentaires en se rappelant que Zanzibar était le principal producteur de clous de girofle. A huit heures Félix et Joël prirent l'un des trois cent soixante mille ascenseurs de la mégalopole et atteignirent le parking en arrondissant leur total de quinze cents points grâce à la prise péritel sur laquelle ils comptèrent, de mémoire, vingt et une broches. Ils en perdirent le double à cause d'une seule lettre en essayant de mettre en route la voiture paternelle, une Exocet-Turbo : la question était pourtant simple, il suffisait de trouver le nom du Marquis dans *Le Chat botté*. Félix s'était laissé aller... Barabas, au lieu de Carabas ! Ils s'étaient rabattus sur la vieille Bouigues-Injection de Joël. Ils tombèrent sur la série « Histoire de l'Art » et il leur fallait trouver l'auteur du *Radeau de la « Méduse »*. Joël persuadé qu'il s'agissait d'un opéra-rock lança :

— Jérico...

L'enregistreur, d'origine, datait de quinze ans, et ses capteurs sensibles en silicium déclassé n'étaient pas capables de décrypter la prononciation orthographique. Il donna le feu vert et les pistons commencèrent à comprimer leur mélange d'air, de vapeur d'essence, d'huile infiltrée. Au cours de la journée, Simone se voyait octroyer deux mille cent cinquante points après avoir frôlé son record absolu au lave-vaisselle, mais l'aspirateur avait tout raflé, une colle sur le « M » de Richard M. Nixon. Elle s'était décidée pour « Menteur », à cause du Watergate, mais on décrochait le bonus avec « Milhous », prénom fort peu usité, il est vrai, en cette deuxième moitié du XXIe siècle. Joël disposait quant à lui de dix neuf mille points avec un sans-faute au bureau : il avait branché tous les ordinateurs de son service grâce à une série de questions rock dénuées du moindre piège... L'âge du départ en retraite de Mick Jagger (78 ans), le sexe de Michael Jackson (masculin jusqu'en 1997, féminin ensuite), la distance de portée, sans amplificateur, de l'organe vocal de France Gall (un mètre vingt-cinq). Félix arrivait bon dernier avec cinq cents points qui lui avaient pour ainsi dire été donnés au tourniquet du supermarché. Il avait eu droit au questionnaire blanc, d'habitude réservé aux malades en convalescence : le nom du dernier Président de la Ve République, de 2012 à 2019... Les deux syllabes coururent sur les lèvres des caissières, des contrôleurs, des clients. Félix Fournier s'approcha du vidéotecteur incrusté dans le bras du tourniquet d'accès aux rayons : « Je crois que c'était l'ancien chanteur Renaud... » La barrière métallique s'ouvrit et il fit ses courses en dirigeant son caddy télécommandé dans les couloirs.

La famille Fournier se coucha avec une réserve de vingt et un mille six cent cinquante points soit un peu moins de six heures de sommeil par personne. Félix se colla contre Simone qui s'apprêtait à éteindre la lumière. Elle lui sourit et l'embrassa.

— Attends, mon chéri, je n'ai plus de pilules...

Elle pressa le bouton placé au-dessus de sa table de nuit. Une voix vaporeuse d'aéroport exotique leur susurra :

— Être ou ne pas être, telle est la question.

Ils se regardèrent, les yeux écarquillés, et se mirent à balbutier. Trente grains de sable tombèrent sur le meuble, un par seconde. Le distributeur de pilules d'amour se referma. Simone baissa l'interrupteur et ils s'endormirent, dos contre dos, leurs rêves bouleversés par cette question qui n'en était pas une.

F.X.E.E.U.A.R.F.R.

Il est une heure de l'après-midi. La colonne allemande s'approche du bourg. Ils seront là dans dix minutes, tout au plus. D'ici on distingue déjà les uniformes noirs des S.S. Le fil d'argent des têtes de mort accroche le soleil de septembre. Tout le monde est dehors, sur le pas des maisons serrées autour de l'usine et du transformateur. Les femmes attendent, immobiles, le visage inquiet, dans une atmosphère tendue qu'exaspère encore le silence inhabituel des enfants. Les hommes se sont regroupés près du pont, à quelques mètres du side-car accidenté. Ils se tiennent droits, les bras ballants, face aux corps de deux soldats cassés sur la mécanique. Il était tout juste midi quand les deux motos allemandes ont traversé la rivière. Les premiers coups de feu ont été couverts par la sirène de l'usine qui annonçait la pause du déjeuner. Puis d'autres claquements répercutés par les façades ont fait lever les têtes.

— Les Américains ! Les Américains !

Car, bien sûr, pour tous ces gens qui viennent de vivre quatre années d'occupation, de privations et de souffrances, il ne peut s'agir que des Américains ! Au 1er septembre 1944, les Alliés ont débarqué depuis près de trois mois et l'aile gauche de la IIIe armée américaine se déploie à quelques dizaines de kilomètres, vers Toul. On ne sait pas encore, ici, que la logique militaire se joue de la géographie.

Nothange est située, sur la carte d'état-major, au centimètre au-dessus de l'épaisse flèche noire dont la pointe surplombe Nancy. En clair, Nothange est en plein centre d'une poche résiduelle. Les Allemands l'ont compris et les éléments attardés de la division Das Reich, qui opère son repli vers la Moselle, tentent par tous les moyens d'échapper au piège.

Tout à l'heure, là-bas, l'une des motos s'était mise à zigzaguer pour terminer sa course oblique contre le parapet. Le second équipage avait alors effectué un impeccable demi-tour sous un feu nourri et était parvenu à gagner l'autre rive.

On s'était précipité de toutes parts, au mépris du danger, pour accueillir les libérateurs. Mais il avait fallu bien vite se rendre à l'évidence : les cow-boys portaient de drôles de chapeaux !

Ils sont maintenant à moins de cent mètres. Un véhicule blindé s'engage et traverse le pont, sa mitrailleuse braquée sur la foule d'ouvriers. Le reste de la colonne suit à distance. A partir de ce moment, tout va très vite. Les S.S. descendent des camions et prennent position aux entrées de la ville. Quelques minutes leur suffisent pour rassembler la quasi-totalité des habitants sur l'esplanade de l'usine. Ceux qui s'étaient réfugiés dans les maisons, croyant ainsi échapper à la rafle, sont traînés, poussés, sans ménagement, devant des centaines d'hommes, de femmes, d'enfants aux paupières baissées.

Un officier au corps massif, sanglé dans un uniforme sombre, est sorti du rang, précédé d'un autre gradé court sur pattes et dont la casquette mal assurée sur le crâne laisse éclater la blancheur d'un pansement. Le blessé traduit d'une voix monocorde, dénuée du moindre accent, le bref ultimatum qu'adresse son supérieur aux habitants de Nothange.

— Il y a moins d'une heure, deux de mes hommes ont été assassinés par des terroristes cachés dans cette ville. En représailles toute la population de Nothange est tenue pour responsable de cet attentat et prise en otage tant que les auteurs des coups de feu ne nous auront pas été livrés.

A ces mots une petite main s'est serrée puis crispée sur la toile du bleu de son père et cette petite main...

Pierre Beaulac s'arracha à son fauteuil et parcourut lentement la dizaine de mètres qui le séparait de la coulisse ménagée dans le studio. La caméra le suivit en silence, dirigée sur son dos pour accentuer le suspense. L'animateur ouvrit une porte et tendit le bras. Une main de femme vint se poser sur ses doigts.

— ... Cette petite main c'était la vôtre, Yvette Augier, et cet instant est resté gravé à tout jamais dans votre mémoire. Vous allez nous dire pourquoi...

La femme s'installa sur une banquette, à gauche de Pierre Beaulac. Elle tira sa jupe sur ses genoux et, machinalement, des paumes, redonna du gonflant à sa mise en plis.

— C'est que c'était mon père... Mon père adoptif.

— Vous voulez dire que vous vous teniez près de votre père adoptif à ce moment tragique. C'est bien ça ?

— Oui, j'étais près de lui mais surtout, les coups de feu, c'était lui. Il faisait partie d'un groupe de partisans.

— Et qu'a-t-il fait quand l'officier a établi les règles de ce monstrueux marché ? Il s'est dénoncé ?

Yvette Augier ne répondit pas immédiatement, comme si elle prenait le temps de faire défiler les images dans sa tête pour vérifier ses souvenirs.

— Non. Ils étaient plusieurs à avoir tiré. Le premier qui s'avancerait savait ce qui l'attendait : la torture et, peut-être, les noms arrachés devant sa famille, ses amis...

— Et alors que s'est-il passé ?

Pierre Beaulac s'était incliné vers la banquette, le visage légèrement de biais, en ponctuant sa question d'un geste parallèle des mains. Le regard de la femme fut happé par la caméra.

— Les Allemands ont fait un tri... Ils ont désigné une centaine de personnes, au hasard ; l'officier a annoncé que vingt d'entre elles seraient fusillées chaque heure tant que les partisans ne se rendraient pas. Mon père adoptif s'est alors avancé : « Giovanni Dante, ce que j'ai fait, je l'ai fait pour mon pays. » Les trois autres membres de son groupe l'ont imité. Les soldats ont alors ordonné aux familles des résistants de monter dans les camions, avec les prisonniers... Tout le monde criait, pleurait...

Pierre Beaulac l'interrompit. Il accompagna ses phrases de battements de cils qui se voulaient dramatiques.

— Vous êtes montée dans ce camion ? Vous aviez quel âge, alors, dix ans, douze ans ?

— Non, je n'avais que huit ans... Mais je ne suis pas montée dans le camion, une voisine m'a retenue en plaquant sa main sur ma bouche... J'étouffais... Le camion est parti... Je n'ai plus jamais revu mes parents adoptifs, ni Patrick.

L'animateur se redressa et, d'un geste discret, commanda un gros plan sur son visage.

— Patrick ! Nous y voilà, car cette émission est la sienne tout autant que celle d'Yvette. Au moment où la IIIe armée américaine s'apprête à libérer Nancy en laissant — mais pouvait-elle faire autrement ? — les habitants de Nothange aux prises avec la division Das Reich, Patrick a quinze ans. Il est hébergé, comme Yvette, parce qu'orphelin comme Yvette, par la famille Dante, des Italiens venus de Vénétie trente ans plus tôt, quand la sidérurgie manquait de bras. Le salaire de Giovanni Dante n'est pas suffisant, alors on arrondit les fins de mois en accueillant des enfants de l'Assistance publique. On les élève comme ses propres enfants. Et quoi de plus beau que les larmes de cette petite fille à ce moment terrible, des larmes qui disent à ceux qui s'en vont vers l'inconnu, vers une mort inéluctable : tu es mon père, tu es ma mère, tu es mon frère... Et pour vous, Yvette, l'attente commence... Une attente douloureuse qui n'a pas pris fin à ce jour, après quarante années ! La division Das Reich s'est regroupée, les armées alliées devront livrer de furieux combats pour en venir à bout. Et l'on pourra suivre son itinéraire jalonné de cadavres, d'Oradour à Nothange. Parmi ces milliers de victimes, vos parents adoptifs...

— Oui, leurs corps ont été retrouvés sur la route de Metz, à une vingtaine de kilomètres de chez nous. Ils avaient tous été fusillés, aussi bien les partisans que leurs femmes, leurs enfants... Dans une clairière...

Pierre Beaulac toussa légèrement et reprit la parole.

— Tous sauf un !

Yvette Augier ne put contenir l'amorce d'un sourire qui atténua la gravité de son regard.

— Tous sauf un, bien sûr. Il manquait le corps de Patrick... Depuis cette minute je suis persuadée qu'il est toujours en vie, quelque part. J'ai passé des mois à vérifier les noms et surtout les signalements de tous les otages exécutés par la division Das Reich à partir de Nothange : aucun ne correspond à celui de mon frère de lait...

— Oui, il faut le dire tout de suite, si Yvette Augier n'a aucune preuve matérielle de la mort de Patrick, elle n'a également aucun indice pouvant accréditer la thèse contraire. Son frère d'adoption s'est purement et simplement volatilisé entre le pont de Nothange et la clairière où ses parents ont été fusillés. De Patrick, nous ne possédons qu'une photo, un cliché pris en juin 1944, trois mois avant le drame. Il a tout juste quinze ans et c'est déjà un grand gaillard au front volontaire souligné par la coiffure de l'époque : les cheveux rejetés en arrière, légèrement ondulés, maintenus en place à l'eau savonneuse... Cette photo va rester sur votre écran pendant un petit moment. Regardez-la bien, notez la forme de la bouche, celle des yeux et surtout cette minuscule cicatrice au-dessus de l'œil gauche... Yvette s'en souvient : Patrick se l'était faite en escaladant le mur de l'usine pour voler, au péril de sa vie, un peu de charbon au cours du terrible hiver 42.

Si vous croyez reconnaître ce visage, n'hésitez pas, téléphonez à S.V.P. 11 11. Jean-Paul Carré et son équipe se tiennent prêts à se lancer sur toutes les pistes. Vous avez, nous avons une heure pour retrouver Patrick. Une heure multipliée par des millions de bonnes volontés rassemblées par cette émission : des millions d'heures de solidarité. Et je sais que nous pouvons réussir : la semaine dernière, il ne vous a fallu qu'une demi-heure pour que les deux bébés inversés à la maternité de Vesoul en 1956, après le geste malveillant d'une aide-soignante, rencontrent enfin leur mère respective. Vingt-huit ans après ! Il me faut aussi vous donner des nouvelles des ascenseurs : le foyer pour handicapés de Brétigny a le sien depuis trois semaines, grâce à vous, et les dons continuent à affluer. Nous avons reçu la valeur de 77, j'ai bien dit 77 ascenseurs supplémentaires et tous les foyers pour handicapés qui ont un problème d'ascenseur peuvent se mettre en rapport avec nous... Vos efforts ont également permis d'identifier le soldat américain bien vivant dont le nom était inscrit sur une tombe d'Omaha Beach. Alors je vous le demande encore une fois : soyez formidables, *Au nom de l'Amour!*

Le visage de l'adolescent s'était incrusté, médaillon sépia sur l'image colorée, tandis que défilait en réserve blanche l'indicatif de S.V.P. Le signal était donné.

— Il est parti avec les Boches... Il s'est engagé, son Patrick...

L'opératrice raccrocha en haussant les épaules.

— Mademoiselle, passez-moi M. Beaulac. Je peux localiser ce garçon en moins de cinq minutes si on me permet de promener mon pendule au-dessus de la photo...

Elle reposa l'écouteur sans ménagement, entrechoquant le plastique gris sur le cadran. Jean-Paul Carré se pencha vers elle.

— Que se passe-t-il, mon petit ? C'est encore l'autre obsédé avec ses histoires de cul ?

Elle soupira.

— Non, c'est la folle au pendule... On va l'avoir toute la soirée sur le dos !

En moins de cinq minutes le standard fut submergé par les centaines d'appels des habitués : humoristes du combiné, dragueurs en P.C.V., caméléons en quête d'identité, faux médecins et vrais malades...

Les communications exploitables arrivaient en général à la fin du premier quart d'heure, quand leurs auteurs avaient eu le temps de vaincre l'appréhension qui s'empare du simple mortel au moment de composer le numéro d'une émission flirtant avec la barre des vingt points d'audience.

La tradition fut respectée. Le destin prit cette fois l'accent d'un cafetier de Saint-Chinian.

— Hé, la télévision, je crois que je connais ce gars avec sa photo quand il était gamin... Son regard, il n'a pas changé, ni sa cicatrice qui lui vient du vol de charbon...

Jean-Paul Carré bascula aussitôt l'appel sur le studio et Pierre Beaulac prit la relève de S.V.P., en direct à l'antenne.

— Bonjour, monsieur... Votre nom s'il vous plaît...

— Flavier... Roger Flavier.

— Bien, monsieur Flavier... Des millions de Français sont suspendus à vos lèvres... Près de moi j'entends battre à se rompre le cœur d'Yvette Augier... De votre témoignage naîtra, peut-être, un immense espoir ou la déception... Vous nous appelez de Saint-Chinian, c'est bien ça ?

— Oui, je l'ai déjà dit à M. Carré... Je tiens le café-tabac, en face de la promenade, et le gars que vous cherchez, il venait de temps en temps chez moi faire sa provision de cigarettes.

— Vous êtes certain que c'est lui ? Vous pouvez l'affirmer...

— Oh, j'aurais pas décroché le téléphone de Paris pour vous embêter avec des « peut-être » ! Pour moi, c'est lui. Faites-en ce que vous voulez, mais votre Patrick fume des Boyard papier maïs. Et un client qui tire sur ces trucs-là, ça ne s'oublie pas !

Yvette Augier s'agita sur la banquette. Elle se décida à questionner son interlocuteur invisible.

— Monsieur Flavier, comprenez que nous ne vous posons pas toutes ces questions parce que nous doutons de vous... Mais cela semble tellement merveilleux que je n'ose pas y croire. Savez-vous s'il habite à Saint-Chinian ?

— Non, si c'était le cas, je le dirais tout net. Il est plutôt de la montagne. Il prend la route de Saint-Jean-de-Minervois, une fois ses courses faites. On ne se connaît pas beaucoup avec ceux qui habitent les petits villages dans les vallées, sur la route... Mais par contre, si ça vous intéresse, il a eu sa photo dans le journal... Enfin pas tout seul comme une vedette mais on le voyait quand même en train de rallumer son papier maïs...

Pierre Beaulac sursauta, les yeux exorbités.

— Vous dites qu'on le voit sur le journal ? Vous pouvez nous dire quand ? Et le titre du journal ?

— Ça bien sûr, monsieur Beaulac ! C'était le journal du pays, le *Midi Libre*, l'année dernière pour le compte rendu de la fête paroissiale. Votre gars passait par là, et le photographe l'a mis dans son appareil avec le défilé... Je peux pas me tromper, on voit aussi un morceau de ma boutique.

— Ainsi Patrick aurait été pris en photo lors de la fête paroissiale de Saint-Chinian, l'année passée et il figurerait sur un cliché publié par le *Midi Libre*... A quel moment cette fête de la paroisse a-t-elle eu lieu, monsieur Flavier ?

— Au 15 août, et ça n'a jamais bougé, même pendant la guerre...

Pierre Beaulac se mit aussitôt en rapport avec l'antenne de FR3 à Montpellier. Un reporter fut dépêché à la rédaction du *Midi Libre* qui fournit obligeamment un exemplaire de son édition du 16 août 1984. Dans les pages régionales consacrées à l'arrondissement de Béziers, un correspondant anonyme relatait en deux courts paragraphes les réjouissances auxquelles avait donné lieu la fête de la Vierge à Saint-Chinian. La photo d'amateur qui agrémentait l'article montrait l'allée du marché occupée par un public clairsemé qui écoutait le « récital de chansons de jeunesse interprétées par l'abbé Justine » ainsi que la légende le précisait. Au second plan, au-dessous du cigare-enseigne, un homme que l'on devinait arrêté dans sa marche allumait une cigarette, les mains jointes pour protéger la flamme.

Le bureau de Montpellier transmit immédiatement le document par téléphotocopie, et l'épreuve, agrandie aux dimensions de l'écran, fit irruption dans des millions de salles à manger. D'innombrables téléspectateurs découvrirent alors un aspect généralement ignoré de la permanence de la foi chrétienne en Midi-Pyrénées, ainsi que le visage de celui qu'on soupçonnait d'être le frère de lait de Yvette Augier.

— Vous le connaissez ?

Pierre Beaulac venait de prendre l'intonation caverneuse des grandes occasions. Yvette Augier s'essuya les yeux.

— Il a beaucoup changé et vieilli, bien sûr... Mais c'est à s'y tromper... Ô Patrick, si tu m'entends, je t'en supplie, téléphone vite à S.V.P...

Les appels se succédaient maintenant, de personnes ayant croisé Patrick. L'homme à la cigarette habitait un mas isolé près de Baroubio, entre Assignan et Saint-Jean-de-Minervois. Il semblait vivre seul et s'absentait de longues périodes sans que l'on en sache la raison.

Paul Hattinguais quitta la seconde chaîne, agacé par la médiocrité des candidats de la finale « Des chiffres et des lettres ». Il enfonça la touche trois sur la télécommande à la seconde précise où la coupure du *Midi Libre* occupait l'écran.

— Bon Dieu ! Mais c'est lui ! Qu'est-ce que c'est que cette émission, Françoise ?

Sa femme jeta un coup d'œil au programme.

— C'est « Au nom de l'Amour » de Pierre Beaulac.

Paul Hattinguais s'était déjà rué sur le téléphone.

— Allô, la gendarmerie de Saint-Chinian ? Ici Paul Hattinguais... Je suis le caissier du Crédit mutuel de Béziers, celui qui a été attaqué le mois dernier... Oui, la fusillade, c'est ça... Le braqueur, il a sa photo qui passe à la télé en ce moment, dans l'émission de Beaulac... Ils disent qu'il habite à Baroubio, sur la route de Saint-Jean...

Les trois gendarmes de permanence grimpèrent dans l'estafette. Un quart d'heure plus tard ils prenaient position autour du mas silencieux.

Pour son malheur Patrick n'était pas un sentimental. Il avait délaissé la troisième chaîne et essayait de damer le pion aux concurrents de la finale « Des chiffres et des lettres », notant ses points dans la marge d'un journal déplié sur la table. Le tirage final semblait désastreux :

F.X.E.E.U.A.R.F.R.

Il laissa son regard flotter puis crayonna AFFREUX pour sept points. Il biffa le mot, de rage, quand le jeune type à tête d'énarque annonça un sans-faute en neuf lettres.

— Au nom de loi, ouvrez !

Patrick se leva et fit un bond vers le placard où il cachait son arme. La porte vola en éclats. Il eut juste le temps de tirer au jugé vers l'uniforme qui s'encadrait dans la porte. Le gendarme riposta à la mitraillette, imprimant son tir régulier sur le plâtre du mur, un pointillé mortel interrompu seulement par la largeur du corps de Patrick qui s'affaissait en marquant de sombre son ultime trajectoire.

L'énarque satisfait dévoila sa trouvaille. Les mains de l'animateur ordonnèrent voyelles et consonnes :

FAUX FRÈRE

ŒIL POUR ŒIL

Le rouge était mis, et la moumoute de Roland Rastrols bâillait légèrement près de la tempe gauche. Pas question de déposer la prothèse à vingt secondes de l'envoi du générique... La maquilleuse se souvint d'une ficelle de métier : elle dévida cinq centimètres de Scotch, en fit une boucle, la surface collante placée à l'extérieur, souleva le coin de la perruque du présentateur et glissa l'adhésif entre peau et plastique. Elle tapota les cheveux, opéra un raccord au pinceau, tamponna la sueur qui perlait au front puis recula derrière le fauteuil pour juger du résultat dans la glace.

— Tu peux y aller, mon chou, tu as rajeuni de dix ans !

Rastrols se leva brusquement et arracha les serviettes papier coincées sous son col de chemise. Une assistante se précipita pour brosser les épaules et le revers de son costume bleu nuit. Les premières notes de *Audimat Gloria*, une musique spécialement composée par Michel-Jean Charre pour l'émission vedette du prime-time de début de semaine, résonnèrent dans les couloirs. L'animateur emplit ses poumons au maximum et bloqua sa respiration, les poings fermés, les paupières closes. Il compta jusqu'à dix, libéra ses poumons en poussant un cri de para montant à l'assaut, et se mit à marcher vers l'entrée du studio en épousant le rythme de la batterie. Il dépassa la frontière, ses pieds foulèrent la moquette immaculée, et sa silhouette accrocha les milliers de watts dispensés par l'armada de projecteurs vissés au plafond. Rastrols leva le bras droit, en guise de salut, et une formidable ovation monta du studio vide.

Dans sa cabine de verre le réalisateur, Andréas, envoya vers tous les écrans du pays le plan de coupe d'un public en folie. Il disposait d'une cinquantaine de séquences du même genre dans ses archives électroniques ; il lui suffisait de pianoter le code numérique de l'extrait désiré pour qu'il se substitue à l'image du présentateur et donne l'illusion de la présence physique et approbatrice du public. En face de lui, dans une autre cellule vitrée, Paulo s'escrimait sur les manettes de son piano à applaudissements. Le synthétiseur devait couvrir la musique lors de la progression de Roland Rastrols jusqu'au centre de la piste, et il fallait que l'ovation aille décroissant lorsqu'il s'approchait du pupitre. Paulo ne put s'empêcher de lancer un « Bravo » sur son micro d'ambiance. Son cri d'encouragement se répercuta dans toute la francophonie. Rastrols, plein cadre, fit naître sur son visage le sourire mielleux qui lui valait depuis près de cinq ans une première position au hit-parade des présentateurs de variétés ainsi que le trophée Joie de Maçon de l'animateur le plus sympathique. Il s'inclina tout en saisissant le micro posé sur le pupitre. Visions fugitives de spectateurs frappant dans leurs mains, de jeunes femmes aux anges, jambes et cuisses exhibées, d'anciens combattants agitant leurs breloques, de lycéens biactolés ajustant leurs pin's, de ménagères permanentées, reflets violets, amourachées du clone.

— Merci... Merci encore...

Paulo injecta une dernière giclée de tapotements, pour faire bonne mesure, arrachant un demi-sourire cantonné à la partie droite de la tête de Rastrols.

— Bonsoir. Je suis heureux de vous accueillir sur ce plateau en cette veille de Noël pour le dixième numéro de « Légendes des gens ». Au sommaire ce soir, quatre histoires extraordinaires, exceptionnelles qui toutes auraient pu vous arriver à vous monsieur, à vous madame *(plans judicieux d'Andréas sur les faces graves de deux pékins pêchés dans les profondeurs informatisées des stock-short),* quatre drames de tous les jours qui auraient pu se terminer en tragédies si un homme n'avait mis en péril son confort quotidien pour venir au secours de son prochain ! Tout d'abord la folle aventure de Gérard Prunier qui avait choisi de passer son baptême de l'air à bord d'un U.L.M. et qui s'est trouvé dans la position la plus inconfortable qui soit quand le pilote a été victime d'un infarctus en survolant le château de Versailles...

La régie bloqua les manettes sur la musique de Michel-Jean Charre. Le présentateur vint s'asseoir sur un rebord du décor et alluma une cigarette tandis que le réalisateur de l'émission diffusait le film de l'exploit de Gérard Prunier reconstitué la semaine précédente avec le concours d'une équipe de cascadeurs. Le baptisé, inondé de sueur, enjambait le corps inerte du cardiaque, s'installait aux commandes et essayait de comprendre comment l'appareil réagissait. L'hélice approchait dangereusement du toit du château, les ailes frôlaient les cimes des arbres, l'U.L.M. tanguait comme un bateau ivre, le moteur toussotait, hoquetait... Tout à coup le museau pointait sur un étang et la voilure s'abîmait dans l'eau tandis que le moteur de tondeuse glougloutait, surpris par la froidure. Gérard Prunier avait juste le temps d'enlever les sangles qui retenaient le pilote et il ramenait le corps jusque sur la rive.

Une lumière se mit à clignoter. Roland Rastrols écrasa le mégot sous sa Weston et vint se replacer à droite du pupitre. Sur un signe d'Andréas il prit le micro et se tourna vers le fond du studio. Un rideau s'ouvrit en deux.

— Et voici le héros de cet incroyable sauvetage... Gérard Prunier... *(Déchaînement du piano bruiteur de Paulo : applaudissements fervents, cris d'admiration, exclamations.)* Merci... Merci encore... C'est inouï ! Comment avez-vous réussi à maîtriser cet engin ?

Le miraculé de l'ultra léger motorisé remonta son pantalon par la ceinture et toussota avant de parler dans le micro que lui tendait Rastrols.

— Je ne sais pas encore... J'ai fait pas mal de karting quand j'étais plus jeune, alors j'ai trouvé comment on coupait les gaz... Heureusement qu'il y avait le petit lac, sinon on se plantait dans les arbres...

Le présentateur ramena le micro vers sa propre bouche. *(Gros plan sur le sourire, mise à feu de fumigènes rouges, inserts de visages expressifs dans les archives numériques.)*

— Je tiens à préciser que le pilote, M. Fleural, n'a pu être présent sur notre plateau : il est toujours soigné pour les suites de cette... comment pourrait-on dire... de cette crise cardiaque aérienne... *(Soulèvement réflexe de la commissure des lèvres.)* Il nous a fait parvenir une très jolie lettre que je n'ai malheureusement pas le temps de vous lire...

Rastrols pivota sur les talons et fit face à Gérard Prunier.

— Gérard... Vous permettez que je vous appelle Gérard... merci... Vous connaissez le principe de notre émission. Après chacun des quatre films reconstituant un exploit, le héros de la séquence doit répondre à une question de culture générale. S'il trouve la bonne réponse, il fait gagner la somme de 25 000 francs offerte par notre partenaire *Casse-cou*, le magazine de ceux qui n'ont pas froid aux yeux *(regard furtif mais néanmoins complice à la caméra, droit sur Andréas)*, ni aux oreilles d'ailleurs... Le concurrent suivant peut doubler la mise, soit 50 000 francs. Le troisième porter la cagnotte à 100 000 francs et le dernier décrocher le pactole de 200 000 francs ! 200 000 francs qui permettront de venir en aide à un enfant touché par le malheur.

La caméra opéra un lent mouvement circulaire. L'opérateur zooma et immobilisa l'objectif sur un couple accompagné d'une fillette dont le visage était à moitié caché par de grosses lunettes noires. Ils se mirent en mouvement et rejoignirent Roland Rastrols et le candidat.

— Gérard, je vous présente M. et Mme Bertholet ainsi que leur fille, Véronique. C'est pour elle que vous allez jouer. En effet Véronique est passionnée de peinture depuis son plus jeune âge, mais elle ne peut voir les motifs qu'elle crée... Une affection très particulière du nerf optique... Depuis peu il est possible de venir à bout de ce handicap... Des scientifiques de Dayton aux Etats-Unis pratiquent des interventions qui sont couronnées de succès à hauteur de 90% ! Le voyage, l'opération, les soins, la convalescence, tout cela revient très cher... Près de 200 000 francs, 20 millions de centimes... Après le miracle de l'U.L.M., si vous réussissez cet autre exploit, Gérard, vous rendrez plus que la vue à Véronique, vous lui donnerez toutes les raisons de vivre... Vous êtes prêt ?

Le concurrent émit un drôle de bruit en déglutissant. Il hocha la tête.

— Oui, Roland, je suis prêt.

Le réalisateur injecta sur les écrans les images d'une foule attentive.

— Pour 25 000 francs, je vous demande qui, à la fin du XVe siècle, est le précurseur de l'hélicoptère et du parachute ?

Gérard Prunier se tourna vers la famille Bertholet et leur sourit d'un air entendu. Il se pencha vers le micro.

— Je crois qu'il s'agit de Léonard de Vinci...

Depuis sa cabine Paulo satura l'espace de vivats et de hurlements de joie puis l'animateur présenta la séquence suivante, l'histoire d'un voltigeur solitaire qui s'était brisé les poignets à vingt mètres du sol, lors d'une réception, et qui était resté près d'une demi-heure suspendu par les dents à son trapèze... Le film durait une dizaine de minutes, farci de mouvements de caméras nauséeux, balancements, amorces de chute, gros plans sur les maxillaires saillants, bave aux commissures, mains inertes, flasques. Roland Rastrols but d'un trait le cognac que lui présentait sa secrétaire. La maquilleuse changea le morceau de Scotch qui maintenait la moumoute et combla quelques rides à l'aide de poudre. Un roulement de tambour précéda la chute du trapéziste aux dents d'acier dans le rond de tissu tendu au cœur de la piste par la brigade des pompiers de Paris. L'homme de cirque fit son apparition en tenue de travail, les poignets maintenus par des bracelets de cuir. Il rabattit les pans de sa cape sur ses épaules et s'apprêta à répondre à la question de l'animateur. Andréas balada sa caméra sur les lunettes de la petite Véronique, et vint y chercher le reflet hautement symbolique du trapéziste. Rastrols exhiba sa fiche.

— Pour 50000 francs, pouvez-vous me citer le nom d'un des interprètes de Tarzan au cinéma ?

L'athlète aux mâchoires d'acier respira profondément.

— Christophe Lambert, Johnny Weissmuller et Elmo Lincoln au temps du muet... Il y en a d'autres, mais c'est à la télé, pas au cinéma...

Sur son piano à bruits, Paulo mixa un sifflement prolongé et des martèlements de pieds sur les gradins. L'animateur annonça cérémonieusement que la famille Bertholet disposait déjà du quart de la somme. Le chiffre

50 000 s'inscrivit en nombres néon sous le nom du sponsor, « *Casse-cou,* le magazine de ceux qui n'ont pas froid aux yeux ». La régie balança ses pages publicitaires : nouveau dispositif antifuite de Pampers, tampon féminin Vania super-absorbant à fibres gonflantes, plan d'épargne pour mettre fin à l'angoisse des obsèques...

La deuxième mi-temps démarra sur les chapeaux de roues avec le calvaire d'un pompiste d'autoroute projeté par des clients indélicats sur le capot d'une voiture et promené sur dix kilomètres, les mains accrochées aux essuie-glaces en marche ! Le Mobil Homme, cloué sur son lit d'hôpital, ne pouvait être présent sur le plateau et il s'était fait représenter par Geneviève Espagnac, la guichetière du péage de Tain-l'Hermitage qui avait arrêté la B.M.W en laissant sa barrière baissée. Roland Rastrols prit la péagiste par l'épaule.

— Vous avez la possibilité de doubler la somme déjà gagnée par la famille Bertholet et la porter à 100 000 francs, en me donnant la réponse exacte à la question suivante : Quelle est la plus ancienne portion d'autoroute construite en France ? *(Plan de coupe sur une mémé se rongeant les ongles et un V.R.P. se mordillant la moustache.)*

Geneviève se passa les mains sur le visage.

— Pardon, vous parlez de la plus vieille autoroute complète ou seulement d'un tronçon ?

L'animateur reprit sa fiche qu'il relut en détachant chaque syllabe.

— La question est simple : Quelle est la plus ancienne portion d'autoroute construite en France... Je dis bien PORTION...

— Dans ce cas, c'est le trajet qui va de Saint-Cloud à Orgeval... Le début de l'autoroute de l'Ouest...

Andréas scinda l'écran en six et l'anima par des vues de public en délire tandis que Paulo caquetait dans son micro d'ambiance et jouait de la crécelle. Rastrols exulta en proclamant que la barre des 100000 francs était atteinte. *(Image furtive du visage de Mme Bertholet, suivi de la larme qui gonfle la paupière et roule sur la joue.)* Il écarta les bras pour rétablir le silence. Les techniciens agirent sur leurs commandes.

— Pour terminer cette émission de décembre, l'histoire de deux hommes qui ne se connaissaient pas, qui n'avaient rien en commun, qu'en fait tout séparait... Un chômeur et un P.-D.G... Je ne vous en dis pas plus. Regardez.

Le réalisateur mit le magnétoscope en route. Une rue sombre, la nuit. Un homme habillé avec goût se fait agresser par un drogué en manque qui lui porte un coup de poinçon dans la gorge. Survient un nouveau pauvre qui hante le quartier et qui, voyant le sang s'écouler de la plaie béante, plonge son pouce dans la blessure pour stopper l'hémorragie. Les deux hommes marchent, l'un soutenant l'autre, jusqu'au service d'urgence d'un hôpital parisien... *(Public tétanisé, compassion, douleur, suspense, attention focalisée sur le doigt colmateur.)*

Roland Rastrols ne put s'empêcher d'applaudir à la fin de la séquence et Paulo, déjà occupé à bidouiller son synthé, capta le son de justesse.

— Je vous demande de faire un triomphe à Gaspard de Tressous et à son sauveur Robert Classens...

Le P.-D.G. s'avança, le cou masqué par une minerve tandis que l'ex-chômeur, le dos voûté, se faisait tout petit près de l'animateur. Gaspard expliqua qu'il l'avait embauché dans son entreprise, comme préparateur de commandes, et que Robert lui donnait toute satisfaction. Andréas ne fut pas économe de ses zooms sur le pouce salvateur. Rastrols agita sa dernière fiche.

— Lequel de vous deux va répondre à la question déterminante ? Vous Robert ? Vous Gaspard ? Je rappelle aux téléspectateurs que 20 millions de centimes sont en jeu,

20 millions de centimes qui représentent tout pour Véronique... Une ouverture sur le monde. Alors, qu'avez-vous décidé ?

Robert Classens ouvrit la bouche.

— Parlez près du micro...

— Oui, ce que je veux dire, c'est que moi, la culture générale c'est pas mon fort... Je suis plutôt un manuel... Je préfère que ce soit M. de Tressous qui réponde...

Le P.-D.G. se rengorgea et plissa le front pour gagner des points de Q.I. supplémentaires. Le présentateur ânonna le texte de la fiche.

— Quel est le premier homme célèbre français qui put bénéficier des services d'une ambulance ?

Gaspard de Tressous toussota en se cognant le menton contre le rebord de la minerve.

— Un homme célèbre... Vous voulez dire un artiste, un comédien, un savant ?

Roland Rastrols fixa le réalisateur par le canal de l'objectif de la caméra.

— La question n'est pas simple, mais l'enjeu est important... Je peux vous aider en précisant qu'il s'agit d'un homme politique de première importance. Il vous reste quinze secondes...

— Je ne sais vraiment pas... Une ambulance... Je vais dire Louis XVI, à tout hasard...

Paulo appuya sur les boutons de commande des bruitages de déception tandis qu'Andréas constellait l'écran de mines désabusées. Rastrols poussa un long soupir désenchanté.

— Eh non, malheureusement... Vous n'étiez pas loin, car la première ambulance a été inventée du vivant de Louis XVI, en 1792, par le chirurgien Dominique Jean Larrey, mais c'est Napoléon Bonaparte qui en profita le premier car Larrey était son médecin personnel !

Le directeur de « *Casse-cou*, le magazine de ceux qui

n'ont pas froid aux yeux », traversa le plateau tandis que tous les héros du jour entouraient Rastrols. Il remit un chèque géant de 100 000 francs aux époux Bertholet et prononça quelques mots noyés sous les applaudissements en boîte. L'image de Rastrols, derrière la pluie de noms du générique, donna rendez-vous pour le mois suivant à ses 35 % de parts de marché puis la musique de Michel-Jean Charre satura les amplis.

La semaine suivante Véronique Bertholet s'envola pour Dayton (U.S.A.) en compagnie de ses parents et des 100 000 francs convertis en 17 000 dollars. On l'opéra à concurrence de cette somme.

D'aveugle, elle devint borgne.

BIS REPETITA

Rien de tout cela ne serait arrivé si, cédant à la pub éhontée d'un collègue de travail, je n'avais échangé mon vieux téléphone gris à cadran circulaire contre un Chorus T 83 de chez Matra. Le modèle était doté des dix chiffres nécessaires à la composition des indicatifs et le fabricant offrait en prime dix autres touches destinées à des fonctions de « confort » ou à de futurs services grâce auxquels France-Télécom s'apprêtait à résorber son déficit. Je me familiarisai assez rapidement avec l'amplification de l'écoute et Nadine, ma femme, mémorisa les neuf numéros de téléphone que nous appelions le plus souvent : ses parents, les miens, quelques amis, le bureau et, bien que nous soyons tous deux en excellente santé, elle rajouta le médecin de famille pour utiliser le stock de mémoire électronique disponible. Quelques jours plus tard nous avions effacé de nos souvenirs la sonnerie stridente de l'antiquité en bakélite, et nos oreilles s'étaient habituées aux modulations programmables du Chorus. L'objet, d'un joli rouge sombre, avait pris place sur un rayonnage de la bibliothèque, près des deux annuaires compacts départementaux, feuilles blanches pour les humains, jaunes pour le boulot. Nadine avait cessé de travailler deux ans plus tôt quand j'avais obtenu le poste de sous-directeur des Ressources humaines de l'usine de « profilés longs » du groupe Pugine-Kächiney. L'augmentation de mon salaire ne compensait pas même la moitié de ce que gagnait Nadine à son poste d'assistante médicale, mais il y avait longtemps qu'elle souhaitait « souffler » un peu et reprendre des études trop tôt interrompues. Elle suivait les cours d'un centre d'enseignement par correspondance et faisait de remarquables progrès en anglais en écoutant des cassettes bilingues sur son walkman. Elle s'était aménagé une pièce de travail dans la chambre d'amis, et j'avais pris l'habitude de frapper à la porte quand j'avais besoin de lui parler. Je la trouvais immanquablement penchée sur ses cahiers remplis de notes ou compulsant nerveusement un volume de l'encyclopédie que ses parents lui avaient offerte quelques mois auparavant, pour ses trente ans.

Encore une année et je devrais trouver assez de souffle pour éteindre vingt bougies de plus !

Un soir pluvieux de mars je quittai l'usine avec deux heures d'avance à cause d'une de ces migraines tenaces qui me barraient le front quand, le midi, je me laissai tenter par une omelette. Je garai la voiture au sous-sol et gagnai l'appartement par le cellier. Nadine, appuyée au montant de la bibliothèque, ne m'entendit pas venir. Elle sursauta et faillit lâcher le téléphone qu'elle pressait contre sa joue droite quand je lui adressai un « Bonsoir, chérie » sonore et enjoué. Elle raccrocha vivement, sans prendre le soin de s'excuser auprès de son interlocuteur et essaya de me sourire, l'air dégagé.

— Tu rentres déjà ? Il est à peine six heures...

Mon mal de tête s'était brusquement dissipé. Je m'approchai de Nadine et l'embrassai près de l'oreille.

— Ça n'a pas l'air de te faire plaisir... Je ne me sentais pas bien...

Elle devança mes explications.

— On est vendredi : il y avait des œufs au menu et tu n'as pas pu résister. C'est ça, j'ai deviné ?

Je la pris par la taille mais elle se dégagea et fila vers la salle de bains. Elle revint quelques minutes plus tard et me tendit un verre d'eau à la surface de laquelle un gros cachet bouillonnant se décomposait. J'avalai la mixture gazeuse d'un trait et posai ma question de la manière la plus innocente qui soit.

— Avec qui tu parlais tout à l'heure ?

Elle fronça les sourcils, me faisant le coup de charme de l'enfant mutine.

— Avec personne...

— Excuse-moi, mais j'ai bien cru te voir pendue au téléphone quand je suis entré dans cette pièce... Le cuisinier s'est sûrement lancé dans les omelettes hallucinogènes et il a oublié de prévenir les clients des effets secondaires...

Nadine éclata de rire et vint se blottir dans mes bras.

— Qu'est-ce qu'il t'arrive ? On dirait que tu me fais une crise de jalousie... C'est pas bien ça ! Quand je dis « personne », c'est que je n'ai appelé personne. C'était encore une de ces boîtes de télémarketing. Ils voulaient absolument nous vendre une cuisine tout équipée. Si tu ne leur raccroches pas au nez dès le début ils se passent le mot : client potentiel... Après tu passes ton temps à écouter les argumentaires des vendeurs dc salles de bains, de dictionnaires, de bibles en leasing ou de lignes de produits de beauté...

Elle leva son visage vers le mien. Je me plaquai contre son corps et blottis ma tête sur son épaule pour ne pas lire le mensonge sur son visage. Ma main lissa ses cheveux, par habitude, descendit lentement le long de son dos et la caresse vint mourir au creux de ses hanches.

— Je vais préparer le dîner, me dit-elle dans un souffle en se libérant de mon étreinte.

Je me servis un Glenmoore au bar du salon, ajoutai quelques gouttes d'eau plate pour en épanouir le goût. Je le bus en trois gorgées, sans plaisir, tout en arpentant la pièce. Nadine remuait des quantités d'ustensiles de cuisine, casseroles et poêles s'entrechoquaient, le tintement des verres répondait au raclement des assiettes de grès entre elles. A un moment je me retrouvai devant la bibliothèque. Je posai mon verre contre les reliures pastel des œuvres complètes de Françoise Sagan et décrochai le combiné du Chorus. L'index de ma main droite effleura la touche BIS et l'enfonça. L'appareil émit une série de notes en composant, grâce à sa fonction de mémorisation, le dernier numéro appelé depuis la maison. Les bruits de vaisselle me parvenaient toujours par le couloir, et je patientai huit longues sonneries avant que, dans une maison inconnue, on ne se saisisse du téléphone. Je toussai pour m'éclaircir la voix.

— Allô... Est-ce que Vincent Clotout est encore là ?

Un homme, assez jeune d'après ce que je pouvais en juger, me répondit.

— Vous devez faire erreur. Il n'y a personne du nom de Clotout ici...

Je sentis qu'il allait reposer l'appareil sur son support. J'improvisai.

— Vous êtes sûr ? J'arrive de l'étranger... Il m'avait donné ce numéro...

— Il y a combien de temps ?

Je jouai le tout pour le tout.

— Trois ans, peut-être quatre...

L'inconnu émit un petit rire qui semblait venir du nez.

— Désolé, je m'appelle Marc Laurenti et je n'habite ici que depuis six mois. Le locataire précédent avait un nom breton, Le Corre ou quelque chose dans le genre... Paris a beaucoup changé depuis trois ans, on bouge beaucoup...

Je trouvai assez de force intérieure, de calme et surtout d'hypocrisie pour le remercier. Quand je raccrochai, j'étais déjà un autre homme. Je savais que je traînerais ce nom, Marc Laurenti, comme le forçat traîne son boulet, mais qu'aucune scie ne viendrait à bout de la chaîne invisible qui le retenait à moi.

Cette nuit-là Nadine se montra empressée, allant au-devant de mes désirs, comme si elle avait quelque chose à se reprocher. Je me laissais faire, les yeux ouverts dans le noir, sans parvenir à me défaire de cette idée : désormais chacun de ses gestes d'amour n'aura d'autre raison qu'apaiser mes soupçons. Au petit matin je pris soudainement conscience de mon aveuglement : en cinq années de vie commune, la différence d'âge s'était creusée et si, peu de temps auparavant, Nadine avait cru trouver un père et un amant unis dans la même personne, elle devait aujourd'hui se dire qu'il y avait tromperie sur la marchandise et qu'elle partageait le lit d'un mari-grand-père...

Tout le printemps fut maussade. Dès qu'un rayon de soleil tentait une percée au-dessus de Paris, le vent poussait une armée de nuages gris à sa rencontre. Je ne parvenais plus à me passionner pour mon travail et laissais à mon adjoint le soin de sélectionner les finalistes des tests d'embauche. Il recevait comme une marque de confiance ce qu'il ne devait qu'à mon désintérêt. Je rassemblais assez de volonté pour opérer le choix final, rédiger les notes de synthèse et bricoler les comptes rendus des réunions de cercles de qualité. Je rentrais à l'improviste à la maison, usant d'une multitude de prétextes et, dès que je le pouvais, j'appuyais sur la touche BIS. J'eus ainsi de courtes conversations avec une gynécologue, deux plombiers, sa mère, une matelassière, un contrôleur des impôts, le concierge, sa femme et leur plus jeune fils, mais je n'eus jamais l'occasion d'entrer une seconde fois en contact avec le dénommé Marc Laurenti.

En juin je fus convoqué par le directeur des Ressources humaines, Jean-Michel Limorté, à qui j'étais redevable de ma promotion. Il se tenait debout près de la fenêtre quand j'entrai dans son bureau et observait le ballet des Fenwick dans la vaste cour de stockage des profilés aluminium. Il se tourna vers moi, l'air interrogateur, et me désigna un fauteuil.

— Asseyez-vous, Bernard...

Il avait institué, à tous les échelons de la hiérarchie, cette pratique apparemment paradoxale du vouvoiement couplé à l'utilisation du prénom usuel. Une méthode de management californienne... Au début les ouvriers avaient glissé un « Monsieur » entre le « Oui » et le « Jean-Michel » quand ils s'adressaient à lui. Il avait obtenu une victoire complète quand, lors d'une grève, le personnel avait défilé en scandant « Christian des sous, Christian des sous », Christian étant le petit nom du P.-D.G. du groupe Pugine-Kächiney.

J'obtempérai.

— Merci, Jean-Michel... Vous vouliez me parler ?

Il fit semblant de ne pas avoir entendu et ouvrit un dossier au coin duquel était épinglée ma photo. Il préleva une fiche manuscrite.

— Ce que j'ai à vous dire n'est pas très agréable, Bernard, mais la confiance que j'ai placée en vous m'autorise à faire preuve de franchise...

Je rentrai la tête dans les épaules, prêt à me voir reprocher l'inconduite de Nadine, à m'entendre dire qu'un homme qui ne parvenait pas à contrôler la bonne marche de son ménage pouvait difficilement prétendre à la sous-direction du personnel d'une entreprise de huit cent trente-deux salariés.

— C'est bien vous qui avez émis un avis favorable à l'embauche de François Baille, le nouveau chef de fabrication du département volets roulants ?

— Oui, Jean-Michel. J'ai étudié sa carrière professionnelle point par point. Il a longtemps travaillé chez Usinor-Denain, puis à Dunkerque. Il a effectué un stage de reconversion dans les installations communautaires de l'Arbed, au Luxembourg... C'était à mon avis le meilleur candidat pour ce poste...

Il fit glisser un carton sur son bureau laqué noir.

— Professionnellement, c'est vrai, il n'y a rien à lui reprocher, Bernard... Mais vous n'ignorez pas que la qualification n'est pas le seul paramètre qui entre en ligne de compte. Vous avez eu connaissance de ces informations, j'imagine ?

J'identifiai instantanément la frappe ordinateur du Cabinet Noblard auquel nous faisions appel pour l'enquête de moralité sur les postulants. Je pris la fiche en faisant la grimace.

— Je crois bien que j'ai oublié de la consulter... Le dossier était tellement bon... Il y a un problème ?

Jean-Michel plaqua les mains sur le plateau de son bureau, théâtral.

— Non, on ne peut plus parler de problème dès l'instant où on connaît la solution. Il est résolu : on le vire à expiration de ses trois mois d'essai en espérant qu'il n'ait pas fait trop de dégâts d'ici là.

Mon regard flotta sur le bristol, en diagonale, accrochant les mots signifiants : grève, syndical, délégué, meneur...

— Je ne sais pas ce qui m'est arrivé, comment j'ai pu laisser passer ça. Laissez-moi y remédier. Jc vous promets que cela ne se reproduira plus.

Jean-Michel Limorté m'offrit une cigarette, que je refusai, et prit le temps de tirer deux bouffées de celle qu'il avait allumée avant de répondre à ma proposition.

— Je ne pense pas que cela soit souhaitable, Bernard. Je vous observe depuis plusieurs jours et quelque chose me dit que vous avez des ennuis...

Il laissa le silence envahir la pièce mais je ne tombai pas dans un piège aussi grossier. On nous apprenait le coup du silence-aveu lors du premier séminaire de gestion de réunions. Il se força à sourire.

— C'est comme vous voulez. Cela fait trois ans que vous n'utilisez pas votre semaine de congés d'hiver... Non, non, ne protestez pas, j'ai vérifié auprès du planning... Au niveau de responsabilités qui est désormais le vôtre, il est nécessaire, indispensable de se ménager quelques breaks en cours d'année. Finissez la semaine et prenez une dizaine de jours. Vous nous reviendrez en pleine forme. Et ne pensez plus à ce François Baille, je m'en occupe personnellement.

A ma grande surprise Nadine sauta de joie quand je lui annonçai mon intention de l'emmener en vacances.

— Où va-t-on ?

Je hasardai un « Je ne sais pas... Chez mes parents à Auxerre » qui fit retomber son enthousiasme.

— Oh non, pas l'Yonne, je préfère encore rester à Paris, c'est moins humide.

— Tu as une meilleure idée ?

Elle minauda, fit semblant de réfléchir et me souffla à l'oreille.

— Emmène-moi sur la côte d'Azur. Quand je regarde la météo à la télé, je me fiche du temps qu'il fait partout en France... Je fixe le bas de l'écran... De Menton à Perpignan ils alignent les soleils plus souvent qu'à leur tour... Si c'était une machine à sous, on ramasserait la mise deux fois par jour : aux infos de 13 heures et à celles de 20 heures ! En plus, fin juin, c'est l'idéal : l'eau est assez chaude pour se baigner et les hordes de touristes sont encore parquées dans les villes. Allez, dis-moi oui...

Elle se pendit à mon cou, écrasant ses seins contre ma poitrine.

— Je veux bien mais, si on part au hasard, on a huit chances sur dix de mal tomber. Ce n'est pas pour rien que les hôteliers du secteur sont surnommés les Frères de la Côte !

Nadine me servit un Glenmoore et se posa sur l'accoudoir du canapé dans lequel je m'étais laissé choir.

— Je connaissais une petite plage entre Sainte-Maxime et Saint-Raphaël. J'y suis allée deux étés de suite avant de te rencontrer. Le coin a dû changer, bien sûr, mais, dans mon souvenir, c'est comme le Paradis.

Je parlais peu en conduisant mais le samedi suivant nous traversâmes la France du Nord au Sud sans échanger un seul mot. Nadine enfournait compact sur compact dans la chaîne C.D. de la voiture tandis que l'écran du pare-brise avalait les kilomètres d'asphalte bordé de blanc. Je l'avais laissée organiser le voyage, choisir le point de chute, faire les valises, l'esprit occupé, investi par une seule question : Comment s'y prendraient-ils pour se rencontrer à mon insu ? Nadine avait mis trop d'empressement dans ces préparatifs : Marc Laurenti devait l'attendre au creux d'une calanque, le corps bronzé par le soleil du Midi.

Elle avait retenu une grande chambre au nom de « M. et Mme Bernard Chantrain » dans un hôtel accroché au flanc d'une colline des Issambres. Les fenêtres s'ouvraient sur les criques de La Gaillarde, et je passai ma première journée de vacances à détailler les mille nuances de l'eau, de l'émeraude limpide près de la côte au bleu profond qui marquait l'horizon. Les coups de mistral m'apportaient des senteurs mêlées de pin parasol et de laurier-rose, de sauge et de romarin. Le vent parfumé allait rider la surface de l'eau, prenant les vagues à revers. Nadine se reposait en lisant distraitement un roman historique de

Jacqueline Bouchard qui totalisait trois cœurs et un joker au classement trimestriel du *Figaro-Madame*. Vers cinq heures, la chaleur s'atténuant, elle eut envie de se promener sur la plage. Je manifestai le désir de rester à l'hôtel, les fatigues du voyage, et elle n'insista pas. Je la vis descendre au milieu des bougainvilliers et des genêts. Sa robe violette se mariait par moments aux teintes de la Méditerranée et mon regard s'accrochait alors à ses cheveux blonds. Soudain elle disparut derrière un massif de pittos. Je me levai, me hissai sur la pointe des pieds. En vain. Elle revint une heure plus tard, par l'intérieur des terres, le visage rougi par l'effort, le front humide, des millions de fines gouttelettes comme quand nous faisions l'amour.

Le lendemain lors d'une balade à Saint-Tropez, je profitai de l'essayage prolongé d'un maillot de bain pour acheter une paire de jumelles. Le troisième jour, Nadine cessa de me demander de l'accompagner à la plage. Elle emplissait son sac d'une quantité de choses inutiles et empruntait le chemin des douaniers, à l'ombre des chênes-lièges. Elle s'installait près du centre d'initiation à la planche à voile. Elle tuait l'après-midi en alternant lecture, nage et automassages à l'Ambre solaire. Je ne la quittais pratiquement jamais des yeux. Je suivais quelquefois les évolutions d'un véliplanchiste, d'un skieur ou le passage d'un yacht. Mon cœur bondissait à chaque fois qu'un homme s'approchait de Nadine. A ces moments-là je faisais le point sur le visage de ma femme, pour étudier ses réactions. Le dragueur y lisait le même message que moi et n'insistait pas. Le vendredi un accident vint troubler le rituel baignade-bronzage. Un jeune Hollandais arrivé du matin même prit son élan et plongea dans la mer alors qu'il ne se trouvait qu'à cinq mètres du rivage. L'eau étant peu profonde à cette distance, il se planta littéralement la tête dans le sable et deux hommes ne furent pas de trop pour le sortir de cette fâcheuse position. Le maître nageur d'un village de vacances voisin (une sorte de soleil rouge horizontalement barré de bleu ornait le portail) lui porta secours et le fit transférer à l'hôpital Emile-Bonnet de Fréjus, craignant pour les vertèbres du garçon. Nadine s'était levée et avait posé le grand cahier qu'elle lisait sur le coin de la serviette. D'habitude elle s'installait les jambes repliées, les bras légèrement tendus, la couverture de l'ouvrage levée vers le ciel. Je réglai les jumelles sur l'illustration vraisemblablement réalisée à l'ordinateur, une femme renversée, les yeux mi-clos, la bouche entrouverte, prête à recevoir le baiser d'un bellâtre brun à la chemise blanche échancrée. Je plaçai le titre dans mon champ de vision : *Désirs brûlants*, puis le nom de l'auteur. Le sang me cogna aux tempes quand je déchiffrai les lettres en anglaise de Marc Laurenti.

Ce soir-là je traînai au bar plus que de coutume et avalai café sur café. Je rejoignis la chambre au troisième bâillement appuyé du serveur. Nadine se retourna dans le lit quand je refermai la porte. J'attendis qu'elle se rendorme profondément et tirai les rideaux. La clarté du dernier quartier de lune découpa l'ombre de la fenêtre sur les draps. J'ouvris le sac de plage et en examinai le contenu du bout des doigts, à l'aveugle. Ma main se referma sur la reliure du manuscrit. Je ne pus m'empêcher de serrer les dents et les poings en revoyant le nom de mon rival au-dessus du pitoyable dessin pour midinette. Je m'enfermai dans les toilettes, m'installai confortablement sur le couvercle replié des W.-C. et commençai la lecture du manuscrit de *Désirs brûlants*.

CHAPITRE I

— Mademoiselle Célia, je ne cesse de penser à vous. Votre présence me hante jour et nuit. Vous avez hypnotisé mon pauvre cœur...

— Taisez-vous, monsieur Bartow, lança Célia dans un souffle tout en essayant de soustraire sa main aux assauts de l'impétueux jeune homme. Taisez-vous, nous ne sommes pas seuls dans ce parc.
— Hélas, soupira Gérald Bartow en posant au sol le genou de son uniforme d'officier.

Je feuilletai le manuscrit et constatai qu'il comptait 160 pages du même acabit. Heureusement tout était tapé en gros caractères pour épargner, à défaut de l'esprit, la vue des lecteurs. Les cinq cafés que je m'étais forcé à boire ne furent pas de trop pour venir à bout du premier tiers.

CHAPITRE 19

— Vous ne mesurez pas votre chance, Célia. Ma mère a fait de moi un parfait gentleman. Nous sommes seuls dans cette villa depuis deux jours que cette maudite tempête a coupé le pont qui nous reliait au monde. Je n'en puis plus de vous voir me dévorer des yeux, de sentir s'égarer pour un oui ou un non vos mains manucurées sur mon corps tendu comme un arc puis s'envoler soudain comme si j'étais atteint de la maladie d'amour... C'est un jeu dont vous ne connaissez pas les règles que vous jouez là, Célia. C'est pourquoi je vous ordonne, j'ai bien dit : je vous ordonne, de tenir votre langue, de ranger vos mains et de laisser vos yeux à leur place... Sinon...
— Sinon ? dit Célia.
— Sinon, reprit Robert, je ne réponds plus de rien !

Marc Laurenti alignait les stéréotypes et les pataquès comme un pétomane les vents un soir de cassoulet. L'écriture avait au moins cette politesse d'être inodore. Je me réveillai un peu avec la fessée décrite au chapitre 46 et gratifiai l'auteur d'un frisson en parcourant l'attaque du suivant.

CHAPITRE 47

La langue de Célia explora le creux du nombril de Robert. Il se défendait en repoussant vers l'arrière la tête qui lui procurait ce plaisir insensé. Elle sentit sous sa main le membre gonflé. Son geste était d'une folle impudeur mais rien ni personne ne pouvait plus l'arrêter dans ses élans amoureux. Elle se mit à genoux, comme pour la prière, bravant l'humidité du cachot, et fit glisser le short Lacoste le long des cuisses dorées de son amant.

J'ouvris sans bruit la porte des toilettes pour prendre une mignonnette de whisky dans le compartiment du minibar. Nadine s'était débarrassée de son drap pendant son sommeil. Son corps dénudé baignait dans une lumière irréelle. Je fermai les yeux et regagnai le réduit où m'attendait la suite des aventures de Robert et Célia.

CHAPITRE 58

L'instinct animal lui commanda d'ouvrir les jambes et de soulever le ventre. Robert s'agenouilla entre ses cuisses. Ses mains longèrent la courbe des seins, des hanches... Elle eut un sursaut de pudeur et voulut refermer ses cuisses. Robert l'en dissuada. Elle émit un râle de protestation avant de capituler. L'homme pencha son visage vers son intimité et effleura des doigts les trois grains de beauté qui dessinaient un arc de cercle très haut, près de la toison pubienne, dans l'ombre secrète des grandes lèvres...

Je laissai tomber le manuscrit à mes pieds. Une douleur atroce, fulgurante, me traversa le torse. J'avalai d'un coup le contenu de la minuscule bouteille d'alcool avant de trouver le courage de relire le dernier passage de *Désirs brûlants*.

et effleura des doigts les trois grains de beauté qui dessinaient un arc de cercle très haut, près de la toison pubienne, dans l'ombre secrète des grandes lèvres...

Je n'avais jamais ressenti une émotion aussi forte à la lecture d'aucun texte... Je ne pouvais comparer la violence de ma réaction qu'à cette première nuit passée avec Célia, avec Nadine, quand j'avais découvert les trois grains de beauté que son sexe masquait en s'offrant. Je donnai un coup de pied aux *Désirs brûlants* de Marc Laurenti avant de me raviser. Je déchirai les pages une à une et en jetai les bribes dans la cuvette des W.-C. avant de m'approcher du lit où Nadine reposait. Je pressai l'oreiller contre son visage. Son ventre nu se souleva. Deux, trois soubresauts, un dernier spasme. Sa mort se confondit avec ses rêves.

Je roulai dans la nuit, halluciné, les vitres grandes ouvertes pour me maintenir éveillé. J'atteignis Paris au tout début de l'après-midi et me garai devant la poste de la rue du Louvre. Je pianotai le nom de l'éditeur de *Désirs brûlants* sur le Minitel de démonstration : P.A.S.S.I.O.N. D.'.A.M.O.U.R. J'enfonçai la touche ENVOI. Une adresse s'afficha sur l'écran : Love Productions.15, rue Gourland 75010 Paris. L'immeuble ne payait pas de mine, coincé entre un sex-shop et une pizzeria franchisée mais, sitôt franchi le seuil, c'était une débauche de plexiglas, de moquette haute laine et de verre fumé. Une hôtesse vêtue d'un tailleur de très bonne coupe m'indiqua le troisième étage quand je demandai à rencontrer Marc Laurenti. Je partageai l'ascenseur avec la sœur jumelle de la fille qui bloque les boules de billard avec ses seins dans le « Collaro-Show », et arpentai un couloir aussi large que mon bureau chez Pugine-Kächiney. Le nom de son amant s'inscrivait en lettres dorées sur une porte en cuir matelassé. J'entrai sans m'annoncer. Un petit homme chauve, bedonnant, se servait une tasse de thé. Il me jeta un regard intrigué.

— Qu'est-ce que vous voulez ?

Je m'arrêtai dans mon élan, décontenancé.

— Je cherche ce salaud de Marc Laurenti...

Il reposa la théière sur le plateau de cuivre.

— Eh bien, vous l'avez devant vous... Et ce salaud de Marc Laurenti n'a pas l'avantage de vous connaître...

Je détaillai le petit bonhomme décati et sensiblement efféminé qui se tenait devant moi. J'éclatai d'un rire nerveux.

— C'est vous Laurenti ! Vous le minable auteur de *Désirs brûlants*, cette merde infâme auprès de laquelle le dernier des « Harlequin » est digne de la Pléiade...

Il fit glisser une sucrette dans sa tasse et prit place derrière son bureau.

— J'ignore qui vous êtes, monsieur, mais sachez que notre première série *Désirs d'amour* a été achetée par quinze chaînes de télévision au cours de ce seul mois.

— Et en plus ça passe à la télévision !

— Oui, évidemment... Je prédis un succès phénoménal à *Désirs brûlants*... On va désintégrer *Santa Barbara !* Je n'ai jamais été aussi sûr de moi en lisant un script pour la première fois...

— Ce n'est donc pas vous qui l'avez écrit...

— Non... Le mérite ne m'en revient qu'en partie. Ce n'est un secret pour personne : je ne fais que signer les scénarios auxquels je me contente de donner le ton de la collection. *Désirs brûlants* est le premier texte d'une inconnue. Arrivé par la poste... Nadine Chantrain, retenez bien ce nom... Nadine Chantrain. Je suis sûr que vous entendrez bientôt parler d'elle...

Il ne croyait pas si bien dire.

TICKET TOUT RIDÉ

Jessica régla la somme inscrite au compteur et quitta le taxi bloqué au milieu de l'embouteillage. Il lui restait trois ou quatre centaines de mètres à parcourir. Là-bas, en remontant vers l'Etoile, les lettres néon des studios télé éclaboussaient de mauve les façades haussmanniennes. Elle glissa la main qui renfermait le ticket dans la poche de son jean et pressa le pas, jetant des regards inquiets à tous les passants qu'elle croisait. Sous la toile, contre sa cuisse, son pouce caressait nerveusement le rectangle de carton sur lequel adhérait encore un peu d'encre caoutchouteuse. Elle entra tête baissée dans le hall décoré de photos géantes des stars du petit écran. Un vigile en battle-dress lui barra le chemin.

— Où est-ce que vous allez ?

Sans prononcer un mot, Jessica fouilla dans son sac à main, sortit la lettre de convocation à en-tête de Télé-Première, la déplia et la lui tendit. Le type vérifia le nom sur sa liste et annonça l'arrivée de la concurrente à la régie, par talkie-walkie. Il rendit le papier à la jeune femme.

— Vous descendez l'escalier d'un demi-étage. Le studio B se trouve sur votre gauche, après le bar. On vous attend.

Elle se fit badger à son prénom par une hôtesse qui lui remit également un bon de participation en échange du ticket tout ridé qu'elle dut extirper de la poche du Levis. Sur l'écran le plateau semblait spacieux mais en fait il s'agissait d'une salle de dix mètres de côté. Les autres gagnants étaient déjà installés sur les gradins abrupts qui occupaient tout un mur. Jessica voulut grimper au dernier rang mais son irruption dans le studio avait allumé l'œil du présentateur. Il fut près d'elle avant qu'elle ait eu le temps de franchir la première marche.

— Bonjour, Jessica, je suis Patrick Darvori...

Elle le voyait plus grand, lui aussi. En fait il lui manquait malgré les talonnettes une demi-tête pour être à sa hauteur. Cela la fit sourire.

— Vous n'avez pas besoin de vous présenter, tout le monde vous connaît...

Il plissa les yeux de plaisir et elle se fit la réflexion qu'il devait également remuer de la queue. Florence avait une expression pour flinguer les gens de cette sorte, centrés autour de leur propre nombril : *Celui-là, je vais te dire, il est Ubu de lui-même!*

— Ne croyez pas cela, il m'arrive de passer inaperçu dans le métro... Je vous aurais bien fait passer en premier, mais j'ai un handicapé sur les bras, aujourd'hui. On a installé une rampe pour qu'il puisse accéder au plateau... Je vous appellerai juste après...

Jessica joua les ingénues.

— Pourquoi faites-vous ça pour moi, Patrick ?

— Je vous le dirai une fois l'émission terminée. Vous n'avez rien de prévu pour la soirée ?

— Malheureusement si. J'avais prévu de sauter sur la première occasion...

Il se gratta le bout du nez avec l'extrémité de l'ongle, pour ne pas abîmer le maquillage.

— J'imagine que j'arrive trop tard, elle s'est déjà présentée ?

— Oui, à l'instant...

L'animateur lui posa la main sur l'épaule et lui caressa le bras en s'éloignant. Il s'approcha des infirmières qui entouraient un jeune garçon atteint de mucoviscidose et les autorisa à pousser le fauteuil du malade jusqu'à la naissance de la rampe. Les caméras se mirent en place quand la musique générique de « Pactole » retentit. Le jeune homme appuya sur l'accélérateur de son fauteuil électrique et grimpa la légère pente. Il effectua une manœuvre parfaite pour venir se garer devant la roue multicolore. Patrick Darvori approcha le micro de ses lèvres.

— Bonjour et bienvenue sur « Pactole » pour le tirage de la première série de candidats de la semaine. Je vous rappelle qu'il vous suffit d'acheter un billet, de le gratter et d'y découvrir le dessin d'un poste de télé pour avoir le privilège de venir, ici à mes côtés, tourner cette roue magique qui peut vous faire gagner de dix à cent millions de centimes. Notre premier candidat s'appelle Claude Resillon et nous vient de Berck. Exceptionnellement, je vais lui demander s'il souhaite que je tourne la roue à sa place ou s'il veut confier cette délicate mission à quelqu'un d'autre. Que décidez-vous, Claude ?

— Allez-y, je suis sûr que vous allez me porter bonheur...

Patrick Darvori fit tournoyer les couleurs. Le curseur tictaqua sur les clous pour s'arrêter sur la plage grise du gain minimum de 100 000 francs.

— Non, c'est pas possible ! Tout le monde va croire que je porte la poisse... On arrête et on se la refait... Qu'est-ce que vous en pensez ?

Le public composé de futurs gagnants se mit à applaudir pour approuver la décision du présentateur. Darvori se remit en position, la main crispée sur le bord du disque géant. Cette fois-ci la flèche s'immobilisa dans le triangle marqué du chiffre 600 000 francs, et l'on garda la prise. Les infirmières récupérèrent leur patient tandis que Patrick Darvori consultait ses fiches.

— Notre deuxième gagnante s'appelle Jessica Lafarge...

A l'énoncé de son nom Jessica dévala les gradins en courant comme on lui avait conseillé de le faire, suivie par l'objectif d'une caméra mobile. Elle rejeta ses cheveux en arrière et se redressa pour dominer nettement Darvori.

— Vous nous venez de Paris, c'est bien ça ?

— Oui, mais j'ai acheté mon billet en province, lors d'un week-end...

— Eh oui, le « Pactole », on joue où on veut... Allez-y, tentez votre chance...

La roue effectua les trois tours réglementaires, la pointe faillit désigner la zone dorée du million mais la force d'inertie poussa le disque d'un millimètre supplémentaire, vers la case des 800 000 francs. Jessica ne put s'empêcher de sauter en l'air, les bras levés. Elle marcha comme un automate jusqu'au bureau de l'huissier qui contrôlait la régularité des opérations. Elle signa un tas de papiers, entourée d'une sorte de brouillard irréel, et se vit remettre un chèque de quatre-vingts millions de centimes libellé à son ordre et payable à l'agence parisienne de la banque Gravelot, avenue des Champs-Elysées. Une secrétaire-assistante lui tendit également un message. Patrick Darvori lui donnait rendez-vous en face des studios, au bar de *Destination Manger*. Elle déchira le billet et remonta dans le hall. Planté devant les portraits géants de Sabatier et Sébastien, le vigile la détailla des pieds aux seins. Elle sentit son regard lourd sur ses fesses tandis qu'elle se hâtait de rejoindre la rue. Elle s'engouffra à l'arrière d'un taxi qui déposait ses clients à l'entrée des studios et donna au chauffeur l'adresse de la banque. Il se retourna, le visage fermé.

— Vous vous foutez de moi ou quoi ? C'est à trois cents mètres, vous aurez plus vite fait d'y aller à pied !

— Faites ce que je vous demande... J'en ai pour un quart d'heure à la banque, vous m'attendrez et ensuite je vais directement à Roissy-Charles-de-Gaulle.

Il se décontracta à la vue du billet de deux cents francs qu'elle lui tendit.

— Si vous avez l'intention de les braquer, je suis votre homme...

Le taxi quitta son stationnement. Cinquante mètres derrière une 205 Peugeot conduite par une femme brune déboîta en silence et vint se placer dans son sillage. Le caissier ne manifesta pas la moindre émotion quand Jessica lui remit le chèque en exigeant d'être payée sur-le-champ. En vingt ans de carrière c'était deux à trois fois le montant de la dette du tiers-monde qui lui était passé entre les doigts... Il exigea de voir la carte d'identité de la jeune femme, se leva, fit claquer le bout de papier et cogna respectueusement à la porte d'un bureau. Elle entendit un chuchotement, le bruit d'un téléphone qu'on décrochait, puis le caissier revint vers sa guérite grillagée flanqué d'un petit homme rond dont le visage s'ornait d'un large sourire.

— Madame Jessica Lafarge ?

— Oui... Il n'y a pas de problème ? Je peux avoir mon argent ?

— C'est-à-dire que c'est une somme très importante, madame... Vous ne préférez pas que nous procédions à un virement sur votre compte ?

— Non, donnez-moi la totalité en billets de cinq cents francs. Je sais ce que j'ai à faire.

Le petit homme rond cligna des yeux en direction du caissier.

— Très bien... Asseyez-vous le temps que nous descendions au coffre afin de préparer la somme, ce n'est pas tous les jours qu'un de nos clients effectue un tel retrait en numéraire...

Le comptage et la vérification des billets demandèrent un peu plus d'un quart d'heure. Jessica sortit sur le trottoir en tenant entre ses bras un sac plastique ficelé. Elle grimpa dans le taxi qui fila rejoindre les extérieurs à la porte Maillot. La Peugeot n'eut aucun mal à se maintenir à distance sur le périphérique engorgé puis sur l'autoroute du Nord à demi neutralisée par les chantiers du T.G.V.

— Je vous laisse à quel aéroport ? Le un ou le deux ?

— Je ne sais pas... enfin je ne me souviens pas... Pour aller à New York...

Le chauffeur fronça les sourcils.

— C'est le nouvel aéroport, le numéro deux.

Elle se dirigea directement vers les ordinateurs indiquant les horaires des départs. Le prochain avion pour New York s'envolait deux heures plus tard. Elle s'acheta un sac en cuir pour transporter son trésor, et fit la queue au comptoir de l'American Airlines après s'être assurée qu'il restait des places sur le vol. Pendant ce temps la conductrice de la Peugeot s'était garée en sous-sol après avoir été aimablement refoulée par les C.R.S. gardant les places de surface. L'ascenseur l'avait déposée dans le hall et il lui avait suffi de quelques minutes pour repérer Jessica. Elle avait attendu que la gagnante prenne son billet, l'avait suivie jusqu'aux toilettes, après le *Bar des Aviateurs*. Jessica se retournait de temps en temps, inquiète, mais elle ne semblait pas avoir détecté la présence de celle qui la filait. La femme brune vit Jessica entrer dans la dernière cabine. Elle attendit que la mémé embarrassée de bagages ait fini de se laver les mains pour bloquer l'accès des chiottes avec un gros cendrier sur pied rempli de sable, et venir se plaquer au mur, près de la porte derrière laquelle se trouvait Jessica. La chasse d'eau fit un bruit démesuré puis le loquet claqua. Jessica découvrit le reflet de Florence dans la glace, un dixième de seconde trop tard. Elle tenta de se protéger en plaçant le sac devant elle mais le couteau s'acharnait déjà sur son ventre. Elle s'écroula en lâchant les lanières de cuir. Florence se baissa pour récupérer l'argent et se jeta vers la sortie. Elle renversa le cendrier d'un coup de pied et tomba nez à nez avec une patrouille de gendarmerie. Elle reflua vers les lavabos. L'un des flics, un jeunot mal à son aise dans son gilet pare-balles, glissa la tête à l'intérieur des toilettes réservées aux femmes. Son regard accrocha les traces de sang maculant la faïence blanchâtre puis tomba sur le cadavre de Jessica. Il braqua son arme sur Florence en gueulant pour conjurer sa peur.

— Les mains en l'air ou je tire !

Florence lâcha son cran d'arrêt et posa le sac de fric à ses pieds. Elle fut conduite dans les locaux de la gendarmerie de l'aéroport tandis que l'identité judiciaire fermait les gogues pour photographier et prélever. On la confia directement au commandant Larsy, une baderne échouée là en fin de carrière, par promotion interne. Il se fit apporter une tasse de café avant de procéder à l'interrogatoire de la meurtrière, alluma un cigarillo.

— Permettez-moi tout d'abord de vous dire que vous êtes la première personne, mâle ou femelle, à avoir commis un homicide dans l'enceinte de cet aéroport... On a déjà eu des accidents, des suicides, des overdoses, mais jamais de meurtre ! Vous inaugurez la série et j'espère en même temps que vous y mettez un terme ! Vous vous appelez ?

La jeune femme montra ses mains au gendarme.

— Je peux me laver ? J'ai du sang sous les ongles...

Il fit apporter une cuvette, faisant promettre auparavant à la femme brune qu'elle répondrait à toutes ses questions. Elle s'essuya avec soin chaque doigt puis respira bruyamment, les yeux fermés.

— Je m'appelle Florence Vilnois...

Un gendarme entra le nom et le prénom dans l'ordinateur.

— Pourquoi avez-vous poignardé Jessica Lafarge ? Pour la voler ?

La meurtrière rejeta la tête en arrière pour rire.

— C'est la meilleure ! Je n'ai rien volé du tout, c'est plutôt le contraire qui s'est passé... J'ai repris l'argent qu'elle m'avait piqué, c'est tout.

Le commandant Larsy tira sur son cigare, envoyant le nuage de fumée sur la femme qu'il interrogeait.

— A qui allez-vous faire croire ça ! On a retrouvé un reçu au nom de Jessica Lafarge dans le sac. L'un de mes subordonnés s'est mis en rapport avec la banque Gravelot et l'on nous a indiqué, là-bas, que votre victime a négocié cet après-midi même un chèque de quatre-vingts millions gagné à une émission de Télé-Première, « Le Pactole »... J'y joue toutes les semaines... J'ai convoqué tout le monde ici dans deux heures, le banquier, le caissier, ainsi que l'animateur du jeu, Patrick Darvori. Alors, vous maintenez toujours votre version ou vous vous décidez à dire la vérité ?

— Je n'ai rien à changer à ma déposition.

Patrick Darvori faillit s'évanouir en reconnaissant le corps de la fille sur laquelle il fantasmait, quelques heures plus tôt. Il remit une cassette V.H.S. de l'émission au commandant qui la visionna en présence de Florence Vilnois. La position de la jeune femme brune ne varia pas d'un pouce, malgré l'évidence. Elle ne niait pas le meurtre mais s'acharnait à se proclamer victime du vol des quatre-vingts millions. Ce n'est que vers vingt heures que l'ordinateur parvint, à force de recoupements courants bien qu'illicites avec les fichiers du ministère de l'Intérieur et d'Interpol, à établir la véritable identité de Florence Vilnois : il s'agissait en fait de Laurence Goudart, recherchée pour trois braquages à main armée dont le dernier avait coûté la vie à un vigile de la Société Générale. Le commandant Larsy se planta devant la jeune femme et lui plaqua la feuille tout juste sortie de l'imprimante sur le nez.

— Alors ?

Elle haussa légèrement les épaules. Un sourire furtif anima ses traits, la révérence du joueur.

— Je savais bien que vous en arriveriez là... Mais j'ai dit la vérité au sujet du fric... Jessica m'hébergeait depuis près de deux mois dans le pavillon qu'elle loue en banlieue... On s'était connues au lycée, à Grenoble, et on continuait à se voir... Je sortais de temps en temps de ma piaule pour ne pas devenir folle. Je mettais des lunettes noires, une perruque et j'allais au tabac de la mairie acheter les journaux, les cigarettes, des revues... Pour passer le temps je me suis mise à jouer au Loto. Rien que le fait d'attendre le résultat, le mercredi et le samedi, ça efface le temps. Un coup j'ai pris un carnet entier de tickets du Pactole. J'ai tout gratté en rentrant, et je suis tombée sur un billet gagnant qui me permettait d'aller tenter ma chance à la télé. Je pouvais difficilement me pointer sur un plateau et me faire filmer alors que toutes les polices du pays me filaient le train... J'ai confié le ticket à Jessica sans m'imaginer une seconde qu'elle pouvait me trahir... Si je l'ai suivie jusqu'à la porte des studios, ce n'était pas pour la surveiller, mais pour la protéger...

UNE FAMILLE DE MERDE

Jean-Pierre Bringuier souleva le rideau de scène pour assister à l'arrivée des candidats et du public. Badges bleus pour les concurrents, rouges pour les spectateurs. Il jeta un coup d'œil au paquet de fiches que venait de lui remettre son assistante. Cent cinquante provinciaux : deux cars envoyés par le Comité des fêtes de Dreux (Eure-et-Loir), un autre affrété par les Œuvres sociales de la mairie de Troyes (Aube). D'ordinaire, c'était l'assurance d'une ambiance explosive. Les convois partaient très tôt le matin et, pour faire honneur aux spécialités régionales, on saucissonnait sur la route. Tout le monde arrivait bien chauffé dans le studio. C'était tous les jours Noël : il lui suffisait de lancer deux ou trois vannes éculées pour soulever l'enthousiasme de son public. Aujourd'hui les choses s'annonçaient plus difficiles : lors des sélections matinales aucune des familles de province invitées n'avait franchi le cap des demi-finales et c'étaient deux équipes parisiennes, venues en individuelles, qui s'affronteraient pour empocher les 100 000 francs hebdomadaires du jeu « Plein aux as ». La production avait exceptionnellement autorisé les hôtesses à vendre des boissons alcoolisées mais Jean-Pierre Bringuier savait d'expérience que ce n'était pas suffisant pour redonner de l'allant à une salle en proie au doute, et que, certaines fois, l'imprégnation éthylique la retournait contre vous. Il fallait se les mettre dans la poche dès la première minute. Il puisa dans les trésors de convivialité accumulés au cours de dix années d'animation multicartes au Club Méditerranée, et s'avança vers le milieu de la scène. Il saisit prestement le micro et revint vers la coulisse au pas cadencé.

— Une, Dreux, Troyes... Une, Dreux, Troyes...

Une salve d'applaudissements récompensa son entrée.

— Bonjour, Drouais et Troyens, moi, c'est Jean-Pierre ! Je sais que vous n'avez pas eu de chance tout à l'heure, et que les fatigues du voyage ont pesé lourdement sur les éliminatoires... A propos d'éliminatoires, vous savez pourquoi, dans les stades on crie toujours « Aux chiottes l'arbitre » ?

En bon professionnel Jean-Pierre Bringuier venait de dire l'essentiel, la mise hors concours des principaux invités, et il avait coupé court aux protestations en détournant l'attention de son public sur un autre sujet.

— Non ? Eh bien, c'est simple... Parce que, comme disait Pierre de Coubertin, « L'important, c'est de partir pisser » ! Bon, je vous promets que la prochaine sera plus facile... Bon, je présume que vous regardez tous « Plein aux as » et que vous en connaissez le déroulement aussi bien que moi... Je vais quand même vous en dire deux mots. Dans les avions, c'est pareil. On nous a fait dix fois le truc de la ceinture, du gilet gonflable, de la fiche d'instructions, mais l'hôtesse nous ressort son petit discours avant chaque vol. Ça fait partie du règlement...

Il pointa le doigt vers la cabine technique bourrée d'électronique.

— A propos de vol, ne vous inquiétez pas, nous avons hérité du meilleur commandant de bord de la compagnie

Télé-Première. Quand la lumière rouge s'allumera, ne cherchez pas à attacher votre ceinture : il n'y en a pas ! Ça voudra simplement dire que l'émission décolle, et qu'on est en direct à l'antenne...

Il regarda sa montre.

— Il nous reste un quart d'heure. Ça me donne tout juste le temps de vous expliquer ce que j'attends de vous... Le décor se trouve derrière le rideau. Les deux familles finalistes composées chacune de quatre personnes se placent derrière un pupitre, face à face. Joker, votre animateur favori, se tient entre les deux camps et pose les questions auxquelles papa, maman, tata et tonton doivent répondre au plus vite. La finale se déroule en deux manches de treize minutes interrompues par un écran publicitaire de cinq minutes... Je vous demande de n'épargner ni vos applaudissements aux gagnants ni vos sifflets aux perdants. N'hésitez pas à faire du boucan, le studio n'est pas insonorisé, mais les voisins ont déménagé depuis longtemps !

Il retourna quelques instants dans les coulisses. Son assistante lui tendit sa bouteille d'eau glacée. Le présentateur, Patrick Comte, qui avait dû prendre le nom de la boisson sponsorisant l'émission, Joker, pointa son museau.

— Alors ?

— J'en ai marre de ces cons de sélectionneurs ! C'est la troisième fois cette année qu'ils nous balancent les concurrents provinciaux... Il y en a, là-dedans, qui rêvent à ce voyage depuis deux, trois ans, qui ne pensent qu'aux dix briques de la semaine, et ces tarés les éjectent comme des malpropres... Tu ne peux rien faire pour changer le règlement ?

Joker s'approcha de Bringuier et lui tapa amicalement sur l'épaule.

— Je vais voir mais je ne te promets rien. Ils ont acheté le concept de « Plein aux as » à une boîte américaine. Ils sont liés par le contrat... La salle est bonne ?

— Non. C'est tout juste s'ils me regardent... J'ai l'impression de faire le guignol devant un troupeau de chèvres. Enfin, t'inquiète pas, il reste cinq minutes, je vais retourner au charbon... Je crois que j'ai une idée.

Jean-Pierre Bringuier prit une gorgée d'eau, se gargarisa avant de cracher le liquide sur le parquet. Il souleva le rideau et courut sur le devant de la scène, accueilli par des applaudissements épars.

— Vous connaissez l'histoire de l'aveugle qui arrive sur la plage en slip avec une superbe poupée gonflable dans les bras ? Non ? Et bien, c'est simple comme bonjour : il la pose sur le sable et s'allonge dessus, en tout bien tout honneur. Un voisin, père de famille nombreuse, vient se plaindre. « Excusez-moi, monsieur, mais c'est pas très correct de venir sur la plage avec votre poupée gonflable... » A ce moment-là l'aveugle se redresse, furibard. « De quoi, une poupée gonflable ! Merde, ça fait onze mois que je baise avec mon matelas pneumatique ! »

On le gratifia de rires nourris, et Bringuier profita du regain d'intérêt de l'assistance pour avancer ses pions. Il tendit le bras et la main, droit devant lui.

— J'ai pensé à une chose... On va imaginer que c'est un match de foot... La moitié de la salle située à droite sera composée de supporters de la famille correspondante, même chose pour le public assis à gauche. D'accord ?

Les Drouais et les Troyens sentirent qu'ils avaient quelque chose à gagner dans l'affaire. Bringuier le perçut instantanément.

— A la fin de l'émission vous resterez tous à votre place, et la production sera heureuse d'offrir aux supporters dont l'équipe aura remporté la finale un abonnement d'un an à *Télé-Première Magazine*, et la cassette des meilleurs moments de « Plein aux as ». Les vaincus ne seront pas oubliés puisqu'ils recevront le superbe teeshirt « Joker »...

Il lui suffisait de voir les mines réjouies des gens placés aux premiers rangs pour savoir qu'il venait, une fois de plus, d'emporter le morceau. Il quitta le devant de la scène sous les ovations à la seconde précise où la lumière rouge s'allumait. La tenture se scinda en deux moitiés qui rejoignirent majestueusement les cintres. Un projecteur blanc cibla Joker, seul au milieu du décor, puis de petits faisceaux colorés vinrent chercher les visages des finalistes. L'animateur força son sourire sur le milieu de l'indicatif, sachant qu'à cet instant précis le réalisateur le cadrait plein pot, puis il s'avança à pas comptés vers la famille placée à sa droite. La moitié de la salle exulta tandis que l'autre se répandait en lazzi.

— Bonjour, famille Bessonac. Je suis heureux de vous accueillir pour la finale hebdomadaire de « Plein aux As ». Je sais que vous vous êtes inscrits par Minitel et que vous vous prénommez Alexis... Les éliminatoires n'ont pas été trop difficiles ?

Le père de famille se pencha vers son micro fiché dans le pupitre. Il était vêtu de manière très élégante et se mit à parler en se frottant les mains.

— Non, cher... Joker... Pardonnez-moi, mais il est très... comment dirais-je... très curieux d'avoir à dénommer quelqu'un de la sorte...

Joker ne put réprimer un certain agacement qui ne fut pas perceptible sur les écrans.

— On s'habitue, vous verrez... Vous venez du Vésinet, près de Saint-Germain-en-Laye et vous êtes expert financier pour une grande entreprise du quartier de la Défense. C'est exact ?

— Oui, tout à fait... Ma femme Béatrice se consacre à la famille et mes deux enfants, présents à nos côtés, Arnaud et Damien, sont étudiants à H.E.C.

— Très bien... L'équipe qui vous est opposée pour cette finale hebdomadaire est la famille Mortier qui nous vient de Nanterre. Bonjour Lucien. Présentez-nous donc vos proches...

Lucien Mortier toussota pour s'éclaircir la voix et remua la tête en tous sens, visiblement peu habitué à la cravate qui lui comprimait le cou.

— Ben voilà, j'ai 48 ans et je suis chauffagiste à la tour B.P. de la Défense... Je sais pas si j'ai le droit de le dire... Là, c'est ma femme, Mauricette, elle travaille comme facturière, à Courbevoie. Mon fils, Alain, cherche du boulot dans le secteur des livraisons et ma fille, Michèle, est caissière à la Fnac Défense...

La caméra s'attarda sur Michèle, détaillant son physique de baby-doll, insistant sur son décolleté, zoomant au bon moment sur le mouvement de langue entre les lèvres pleines. Un murmure d'approbation courut dans le public. Michèle gratifia le cameraman d'un sourire ravageur en surprenant son image sur un écran de contrôle. Joker en profita pour plonger son regard sur les balconnets... Il respira un bon coup et compulsa ses fiches avec gourmandise.

— Très bien. Je vais demander aux chefs de famille de se placer face au bouton-poussoir afin d'appuyer pour me donner une réponse. Prêt ? On y va... Nous avons posé la question suivante à cent personnes : Où avez-vous fait la connaissance de votre femme, votre mari ? Quels ont été les lieux les plus fréquemment cités ?

Lucien Mortier écrasa le champignon de ses deux mains.

— Je dirais dans la cité ou dans l'immeuble... Nous, c'est là qu'on s'est rencontrés avec Mauricette...

Joker se tourna vers le tableau électronique qui afficha « QUARTIER, 8 % » en quatrième et dernière position. Il s'adressa à Alexis Bessonac.

— Vous avez une meilleure proposition ?

— Je suppose que la majorité des couples se forment encore sur une piste de danse...

— Soyez plus précis.

— Dans un bal ou une boîte de nuit.

La première case s'illumina : « BAL, 57 % ». Béatrice ajouta 17 % avec « MAGASIN », et Arnaud compléta le tableau en répondant « CINEMA » pour 18 %. Au terme du premier échange, la famille Bessonac engrangeait déjà 92 points, soit pratiquement le quart du total requis pour décrocher les cent mille francs mis en jeu. Mauricette et Béatrice remplacèrent leurs maris devant les manettes.

— A votre avis, comment se sont départagés les cent Français à qui nous avons demandé : Quelle est la couleur symbole de l'érotisme masculin ?

Béatrice alluma la lampe témoin sur la dernière syllabe de Joker.

— ROUGE !

Cela lui valut 22 %, en troisième position. Mauricette, des jarretelles plein la tête, osa « NOIR » en rougissant, et prit la main avec 38 %. Alain ajouta 23 % avec « BLEU ». Michèle minauda un « blond » que Jocker lui demanda de réitérer devant le micro.

— BLOND.

La dernière case s'illumina et 17% s'ajoutèrent au score des Mortier qui talonnaient les Bessonac avec 78 points. Béatrice tenta de protester, arguant que blond n'était pas, à proprement parler, une couleur mais plutôt une teinte de cheveux. Le public commença à siffler. Une bonne moitié de ceux qui étaient censés soutenir les Bessonac avaient d'ores et déjà rejoint le camp des Mortier. Se sentant soutenue Mauricette rabroua Béatrice.

— Parce que pour Madame, une teinte c'est pas une couleur...

Elle leva les bras à la manière d'un coureur chanceux pour répondre aux applaudissements. Joker trancha dans le vif en rappelant que le jeu consistait à retrouver les choix statistiques des Français et qu'il fallait se conformer à leur jugement même si, parfois, cela pouvait sembler surprenant. A l'issue de la première manche, la famille Bessonac capitalisait 387 points grâce à un sans-faute de dernière minute sur les plats traditionnels de la cuisine nationale. Les Mortier étaient nettement distancés avec 161, n'ayant réussi qu'à ajouter 83 points à leur razzia sur les couleurs de l'amour. La lumière rouge s'éteignit le temps de l'interruption publicitaire. Joker dirigea les candidats vers un recoin discret du décor où l'on avait dressé un petit buffet. On commença à se lever, dans la salle, mais Jean-Pierre Bringuier connaissait le danger. Il se précipita au-devant de la scène, micro en main, et rappela son monde à l'ordre.

— Merci, vous avez été parfaits... Allons, rasseyez-vous, madame, on a bientôt terminé. Les hôtesses vont passer vous voir pour vous proposer des rafraîchissements. Désolé, mais on ne peut pas vous laisser sortir : ici c'est pas l'Opéra, la pause dure à peine cinq minutes ! Bon. Tout à l'heure on était tous d'accord ? Chaque moitié de salle devait soutenir la famille située en face d'elle... Je ne sais pas si vous avez remarqué la même chose que moi, mais j'ai l'impression que si les supporters des Mortier font bien leur boulot, les troupes des Bessonac ont l'air d'être passées à l'ennemi. Vous ne vous en rendez pas compte, dans le feu de l'action. En revanche ça crève les yeux quand on visionne l'émission en direct sur l'écran. Si ça continue comme ça et que les Bessonac l'emportent, je me demande à qui je vais bien pouvoir donner les abonnements à *Télé-Première Magazine* et les cassettes des meilleurs moments de « Plein aux as » ! N'ayez pas peur, je plaisante... A propos, vous connaissez l'histoire de la prostituée qui dit à son client : Chéri je vais te faire l'orage...

Il n'eut pas le loisir d'aller plus loin. La lumière rouge se mit à clignoter pour avertir du lancement du dernier spot. Joker et les deux familles finalistes reprirent leur place au centre du plateau tandis qu'une starlette en disgrâce tapinait sur les écrans pour un saucisson « comme à la maison ». L'animateur essaya deux ou trois variantes de son sourire dans son miroir de poche, et opta pour celle qui, pensait-il, lui donnait l'air intelligent. Au signal il se dirigea vers Marcel Mortier et lui posa la main sur l'épaule.

— Alors ! Je crois qu'il est temps de réagir si vous voulez décrocher les cent mille francs de la cagnotte hebdomadaire... Je vous rappelle que, lors de cette deuxième partie, les points comptent double...

Joker tira les questions d'une enveloppe.

— Les personnes autorisées à répondre en premier sont donc Damien pour la famille Bessonac et Michèle pour la famille Mortier...

La jeune femme fit voler ses cheveux autour de sa tête et rajusta son bustier, moulant ses seins de ses mains. Le rejeton Bessonac ne put s'empêcher de déglutir, produisant un surprenant bruit de lavabo.

— Quelles sont les pièces de l'appartement qui font le plus fantasmer les cent Français que nous avons interrogés ?

Les paumes des deux candidats écrasèrent le bouton-poussoir dans le même mouvement et leurs lèvres laissèrent échapper des sons identiques à la même seconde.

— La salle de bains...

Joker écarta les bras en signe d'incrédulité et demanda l'avis du juge qui hésita avant de se prononcer pour Damien. Les 60 % transformés en 120 points permettaient aux Bessonac d'atteindre la barre des 500 et d'empocher le jack-pot. Michèle se retourna vers son père, comme pour lui demander l'autorisation. Elle contourna le pupitre et se planta devant le présentateur.

— Je ne suis pas d'accord... On l'a dit exactement en même temps...

Marcel Mortier appuya de sa voix forte la requête de sa fille, sous les applaudissements nourris du public. Joker hésita une nouvelle fois, comme un arbitre normand lors d'un match Rouen-Caen. Michèle s'était collée à l'animateur dont le menton reposait pratiquement dans la minerve chaude de sa poitrine.

— Je vous jure que je dis la vérité...

Alexis Bessonac sentit le danger, mais le message excéda sa pensée.

— N'essaie pas de l'influencer, Chouchoune, c'est mon fils qui a gagné...

Joker fronça les sourcils. Son regard fit l'aller-retour entre le visage du chef de la famille Bessonac et les seins de Michèle Mortier. Il comprit que tout dérapait quand Marcel et Mauricette se mirent à hurler de derrière le pupitre.

— Comment ça se fait que tu l'as appelée Chouchoune ? C'est comme ça qu'on l'endormait quand elle était petite... Personne d'autre ne connaît ce surnom !

Michèle se détacha de l'animateur et piqua du nez. Alexis Bessonac tentait de se donner l'air dégagé de celui qui n'a rien entendu de ce qu'il a dit. L'attaque partit de Béatrice, sur son flanc gauche.

— Alexis, je voudrais comprendre ! Par quel mystère connais-tu le diminutif de cette créature ?

— Je ne sais pas, j'ai dit ça par hasard, ma langue a fourché.

Marcel écrasa le bouton-poussoir sous son poing, allumant toutes les ampoules du cadran.

— Tu te fous de ma gueule ou quoi ?

Mauricette Mortier s'était à son tour portée au milieu de la scène. Elle obligea sa fille à la fixer droit dans les yeux.

— Parle ou je t'en mets une !

La jeune femme tenta de lui échapper et de gagner la coulisse. Sa mère la retint par la bretelle de sa robe et lui retourna une paire de gifles.

Un frisson parcourut le public qui se leva d'un coup, silencieux, comme à la corrida quand le toréador se fait encorner. Tandis que Joker tentait de séparer les femmes Mortier, Marcel en profita pour traverser le plateau et prendre Alexis Bessonac par la cravate.

— Qui est-ce qui t'a dit qu'elle s'appelait Chouchoune dans l'intimité ?

Arnaud et Damien volèrent au secours de leur père et se jetèrent sur le chauffagiste de la tour B.P. Alain Mortier sauta par-dessus le pupitre pour se lancer dans la mêlée. Dans la salle, les rares défenseurs des Bessonac se faisaient tabasser par la meute des pro-Mortier. L'animateur était parvenu à pousser Michèle Mortier à l'écart. Elle hoquetait, le visage défait, les joues marbrées par les claques et le maquillage délavé. Il lui caressa les cheveux.

— Vous avez déjà rencontré Alexis Bessonac avant cette émission ?

Elle hocha la tête en signe d'assentiment.

— Il y a longtemps ?

La jeune femme parvint à juguler ses sanglots.

— Le mois dernier... Il travaille à la Défense, comme moi... Il est venu acheter des livres à la Fnac et j'ai tout de suite remarqué qu'il choisissait de passer à ma caisse... On s'est revus, ensuite, et on a passé deux ou trois soirées ensemble...

— Et comment ça se fait que vous vous retrouvez avec lui sur le plateau de « Plein aux as »... Je n'ai jamais cru aux coïncidences...

— Alexis connaît le producteur. Ils ont arrangé la sélection pour que nos deux familles soient finalistes. Il est compliqué... ça l'amusait de faire connaissance avec mes parents de cette manière et de tromper sa femme en direct, devant des millions de téléspectateurs...

Le tumulte avait pris fin dans la salle ainsi que sur la scène. Le public et les concurrents, immobiles, fixaient

Joker et Michèle Mortier. Le présentateur fut pris d'un doute. Il baissa les yeux vers son micro sans fil. Le petit bouton noir était poussé sur ON, et il réalisa que la France entière venait d'entendre les confidences de la jeune femme. Il essaya de prendre les devants.

— Tout ceci est un énorme malentendu et nous allons...

La rumeur enfla sur les bancs. Drouais et Troyens se levèrent d'un bloc au cri de « A bas les tricheurs » et se ruèrent sur la scène. L'assaut buta sur la vitrine aux Trésors. Tout ce qui, depuis des mois, des années, brillait sur l'écran de la salle à manger se trouvait là, à portée de main. La colère tomba aussi vite qu'elle était montée. Les plus rapides se servirent en premier, razziant les cassettes vidéo des « Meilleures séquences de Plein aux as », les suivants jetèrent leur dévolu sur les tee-shirts imprimés, d'autres se partagèrent les pin's et les autocollants de « Télé-Première ». Les plus faibles se contentèrent des photos prédédicacées de Joker.

Seule dans son coin, oubliée de tous, Béatrice Bessonac pleurait sur son bonheur perdu, la tête auréolée du logo de la chaîne.

LEURRE DE VÉRITÉ

A huit heures précises, Simon Elmaz fit un signe au technicien qui abaissa la manette du son. Le générique de « Café-Croissant », le talk-show matinal de Télé-Première, défila en surimpression devant les images du nouveau clip de Renaud *Marchand de yuccas*. L'extrême tension nerveuse emmagasinée dans la cabine régie chuta d'un coup. Une véritable dépression !

— Et voilà ! Une de plus dans la boîte ! Merci tout le monde.

Il passa son bras autour du cou de Cécilia, une jeune stagiaire qui venait de participer pour la première fois à la réalisation d'une émission de télé en direct, et l'embrassa affectueusement. L'équipe au grand complet se mit à applaudir pour marquer le coup. Simon sortit du local vitré pour aller serrer la main du journaliste vedette de « Café-Croissant », mais Teddy Boucharo prenait congé de l'invitée du jour, une ancienne prostituée reconvertie dans la pizza-minute.

Il grimpa l'escalier de fer qui menait à son bureau, un réduit de deux mètres sur trois planqué au bout d'un couloir, après la salle de détente. Il s'installa dans le fauteuil, posa ses pieds sur une des tablettes de rangement et ferma les yeux pour effacer les images rémanentes de monsieur Météo, de Teddy Boucharo, de la fille aux pizzas, des singes de la pub, des combats inter-ethniques, des jeux Olympiques d'Albertville. Cette phase de nettoyage des images qu'il avait servies à quelques millions de Français lui demandait un bon quart d'heure. Ensuite, le boulot était presque terminé. Il préparait le découpage de l'édition du lendemain, inventait quelques déplacements de caméra, osait un plan piqué dans du Welles ou du Losey. A dix heures du matin, il était libre et pouvait entamer la part d'existence qui lui importait. Il consacrait le reste de sa matinée à la lecture de livres, de scénarios puis il retrouvait Carole au drugstore Publicis. Elle bossait dans le quartier, un mi-temps dans une boîte de communication institutionnelle, et ils passaient l'après-midi dans les cinés de Saint-Germain et de Montparnasse, traquant le festival Julien Carette, la rétrospective Eliott Gould, ou l'hommage à Michael Rœmer. Le soir il se couchait tôt pour être en pleine forme, à cinq heures et demie aux commandes de son orchestre électronique.

Ce matin il ne parvenait pas à se décider : rien ne l'inspirait. Les fiches de l'émission étaient dispersées sur le bureau, bleues pour l'info, roses pour la variété, orange pour la vie pratique, jaunes pour la pub. Teddy Boucharo recevait Guy des Haltes, un écrivain spécialiste du secret d'alcôve. Les images de Robert Hossein dans *Angélique marquise des Anges* se mêlaient, dans sa tête, à la partie de jambes en l'air de Philippe Noiret et Christine Pascal dans *Que la fête commence*. Trop kitsch, trop intello. Il se rabattit sur *Si Versailles m'était conté* et téléphona à l'Institut national de l'audiovisuel pour disposer rapidement d'une cassette du film de Guitry. Il s'apprêtait à quitter les studios quand on frappa discrètement à la porte.

— Oui, entrez...

Un type qu'il ne connaissait pas se tenait dans le couloir, les bras chargés de courrier.

— C'est pourquoi ?

— Je suis nouveau, je travaille au courrier. C'est bien vous monsieur Elmaz ?

Le réalisateur cligna des yeux pour lui signifier d'aller à l'essentiel. Le coursier lui tendit un pli et disparut vers l'escalier. Simon, intrigué, décacheta l'enveloppe aux couleurs de Télé-Première et tira la lettre à en-tête de la Direction de l'Information.

Cher Monsieur,

Dans le cadre des restructurations qui touchent le secteur des magazines et des journaux télévisés de notre chaîne, vous n'assurerez plus que deux vacations par semaine (au lieu de cinq) dans le cadre de « Café-Croissant ». Je tiens à vous dire personnellement que votre collaboration nous donne toute satisfaction, et ne voyez dans cette décision qu'un effet des ajustements rendus nécessaires par le redéploiement de notre effort en direction du « tout-fiction ». En revanche le groupe de réflexion récemment constitué, et chargé de veiller à la redistribution des capacités créatives, m'a suggéré de vous confier la réalisation, une fois par mois, de notre magazine politique hebdomadaire « Toute La Vérité ». Je pense que cette proposition vous agréera et qu'elle vous donnera l'opportunité de déployer tous vos talents au service des 40% de téléspectateurs français qui font confiance à Télé-Première. Thomas Le Vaillant, producteur et présentateur de cette émission, prendra contact avec vous afin de déterminer les bases de votre participation.

Simon Elmaz relut le texte à haute voix, puis il se munit d'un Stabilo boss et souligna au fluo les membres de phrases importants, débarrassant la prose directoriale de sa graisse. *Restructuration, ajustements nécessaires, redé-*

ploiement, deux vacations au lieu de cinq, un magazine par mois, opportunité de déployer vos talents, français, bases. Ce jour-là, ils n'allèrent pas au cinéma malgré la ressortie exceptionnelle, à l'Action-Ecoles, de *Petits meurtres sans importance,* un brûlot invisible depuis plus de dix ans. Ils arpentèrent les Champs, les galeries marchandes, descendirent jusqu'aux quais, en parlant de ce qui agitait le paysage audiovisuel. Tout y passa, l'écœurante marée publicitaire, les rires enregistrés, les créateurs placardisés, les animateurs photocopiés, les films coupés, châtrés, les cours de la Bourse affichés dans les ascenseurs de Télé-Première, l'information spectacle, la politique poubelle, les dessins animés achetés au poids de la pellicule, les séries prédigérées, les scénaristes serpillières... Ils s'arrêtèrent devant l'Assemblée nationale, le cœur au bord des lèvres, comme au sortir d'un repas d'anniversaire, la bile remplaçant le cholestérol. Carole se hissa sur le parapet du pont et s'assit, face à la place de la Concorde. Simon vint se placer entre ses jambes.

— Ce n'est peut-être pas gratifiant de dire dans une soirée mondaine qu'on est metteur en scène de « Café-Croissant », mais je me tenais à l'écart du marigot... Même si Teddy Boucharo n'est pas une lumière, au moins il ne me faisait pas chier... Tandis qu'avec Thomas Le Vaillant ça va être une autre paire de manches. Olivier Luchini bosse avec lui de temps en temps. L'enfer de l'ego ! Je me demande comment il passe les portes... Tu n'as jamais remarqué le rapport entre son nom et son émission de télé ?

Carole se renversa en arrière pour suivre le sillage d'un hors-bord.

— Non, je ne vois pas à quoi tu fais allusion...

Il lui caressa les cuisses. Le feu de la Chambre des députés passa au vert, libérant un flot de voitures.

— Thomas Le Vaillant, Toute La Vérité... Ce sont les mêmes initiales : T.L.V. Il faut être sacrément malade au niveau des chevilles pour oser un truc pareil, non ? Il devrait aller faire un tour sur le divan d'Henry Chapier...

— C'est peut-être un hasard, Simon... A mon avis tu ne devrais pas te monter la tête contre lui avant de voir comment il se comporte à ton égard. Si c'est vraiment un sale con, je fais confiance à tes cadrages subliminaux pour que les spectateurs le comprennent sans avoir besoin de sous-titrage.

Thomas Le Vaillant le convoqua le lendemain après la mise en boîte de « Café-Croissant ». Le producteur trônait devant le panorama réel de Paris. Simon pouvait distinguer nettement les ascenseurs montant à l'assaut du dernier étage de la tour Eiffel. T.L.V. lui désigna un siège et consacra les cinq premières minutes de l'entretien à lui dire combien il estimait son travail. A l'écouter on arrivait presque à oublier qu'il régurgitait ses fiches, et à croire qu'il possédait la collection complète de « Café-Croissant ».

— Il est évident que je me montre beaucoup plus directif envers mes réalisateurs que Teddy Boucharo... Les responsabilités ne se situent pas au même niveau. Je ne fais pas dans la variété et le best-seller. Mes invités ont tous une envergure nationale, certains une ambition présidentielle, et il est de mon devoir de prendre en compte leur surface médiatique. Vous me suivez ?

Simon détacha son regard des toits du Grand-Palais.

— En tout cas je comprends ce que vous dites... Je regarde assez souvent l'émission. Plans alternés du journaliste, de vous-même, de l'invité, panotage sur le public, pause sur les visages connus, tunnels sur la figure de l'invité lors de sa réponse, agrémentés de quelques brefs inserts des réactions du journaliste et du public. C'est ce que vous voulez ?

Thomas Le Vaillant laissa échapper un sourire.

— On ne change rien. La formule nous vaut 15 points d'audience chaque semaine. Votre analyse est parfaite.

C'est très exactement ce que je demande. Du travail propre. L'important ce n'est pas l'image mais ce que nous leur faisons dire. J'ai l'habitude d'expliquer que « Toute La Vérité », c'est en fait de la radio filmée. La mise en scène doit être réduite au minimum : tout effet de cadrage ne peut qu'affaiblir le message...

Simon n'essaya pas de modifier le jugement du journaliste. Il aurait pu lui passer des vidéos des interventions de Gorbatchev, Reagan, de Gaulle, Mitterrand, pointer les évolutions, montrer comment on accentuait la solennité d'une intervention par un léger mouvement de recul, *une mise à distance*... Il choisit de se taire, de faire semblant d'avaler le vieux discours sur la caméra innocente. Au cours des deux semaines suivantes il se prépara mentalement à sa première de « Toute La Vérité » en étudiant le physique, les tics et manies de l'invité programmé, Edouard Balladur. D'évidence il fallait éviter les gros plans sur la bouche fuyante, la caméra de côté qui risquait d'accentuer le profil bourbonien de l'intéressé, les contre-plongées qui donneraient l'impression de voir ses bajoues gonfler et le gratifieraient d'une tête de mérou. Il fit connaissance avec l'équipe placée sous sa responsabilité. Elle était constituée en grande majorité de professionnels aguerris et ne comptait qu'un minimum de *cinéphiles*, surnom qui désignait les fils et filles de famille pistonnés par une huile de Télé-Première.

La prestation d'Edouard Balladur ne fut pas plus remarquée que les précédentes, ni moins, et Simon Elmaz s'habitua à ce rythme de travail, alternant deux mises en boîtes hebdomadaires de « Café-Croissant » et le cérémonial mensuel de « Toute La Vérité ». Il avait refusé de s'installer à l'étage des décideurs et insisté pour garder son bureau-refuge près de la salle de détente du personnel. C'est là, six mois plus tard, en décrochant le téléphone, que l'histoire le rattrapa.

— Simon ?

Il reconnut la voix de Christine, son assistante sur T.LV.

— Oui, c'est bien moi...

— Tu laisses tout tomber sur la prochaine, on a un gros pépin avec l'ancien président du Sénat, Gaston Monnerville...

— Quel genre ? Il se décommande ?

Elle ne put s'empêcher de laisser partir un petit rire nerveux.

— Ça va être dur de le faire revenir sur sa décision : il vient de casser sa pipe !

— Il nous reste à peine trois jours pour nous retourner... Qu'est-ce qu'a décidé Le Vaillant, il annule, il rediffuse ?

Il eut conscience d'un malaise à l'autre bout du fil.

— Non... Pour être franche, c'est ça la véritable tuile... Il invite Gilles d'Auray, le patron du Parti national français...

Il reçut la nouvelle aussi mal qu'un direct au foie. Il laissa passer quelques secondes pour se ressaisir.

— Comment réagit l'équipe ?

— A part deux ou trois, ils s'en foutent. Depuis des années ils se sont habitués à filmer n'importe qui n'importe comment... Quand je leur en parle ils n'arrêtent pas de me dire : *Arrête de rêver, Christine, on a une famille, il faut bien bouffer*... A force les intestins prennent la place du cerveau !

— Et toi, qu'est-ce que tu vas faire ?

— J'en sais rien. Je vais peut-être essayer de me faire remplacer...

A midi moins le quart il attendait déjà en bas de l'immeuble où Carole travaillait. Il la mit au courant de la situation. Elle le prit dans ses bras.

— Tu ne peux pas tomber malade ? Je connais un médecin qui acceptera sans poser de questions de t'arrêter pendant une semaine...

— Je suis dans le potage... Christine, mon assistante, se fait remplacer. Je me fais porter pâle... Le résultat sera le même pour les types assis dans leur canapé : d'Auray ramassera 15 % d'audience et ses idées pourries pénétreront un peu plus dans les esprits.

Carole l'entraîna vers la terrasse du *Fouquet's*.

— Et Thomas Le Vaillant ? Ce n'est pas un facho, il l'invite peut-être pour démonter le personnage...

Simon haussa les épaules, une moue de mépris aux lèvres.

— J'ai regardé le press-book de l'émission. Ça fait trois fois qu'il l'invite. Une fois par an, pour préparer les élections. Il aurait au moins pu avoir le courage de lui demander pourquoi il s'était fait rajouter une particule... Il ne s'est jamais appelé d'Auray, mais tout simplement Auray. Avec l'initiale de Gilles, son prénom, ça donnait G. Auray, goret ! Voilà pourquoi !

— Ce n'est pas un argument, Simon, il n'est pas responsable de son nom...

Ils commandèrent deux kirs-champagne.

— Tout est bon contre eux... On ne va pas revenir sur les camps, sur toute cette horreur, je t'ai assez désespérée avec mon histoire... En fait ce que je reproche le plus à ces gens-là, c'est de m'avoir privé de l'amour de mes deux grands-pères, de mes grand-mères, des oncles et des tantes, de leurs sourires, de leurs gâteaux... Il te manque quelque chose d'essentiel quand tu n'as eu que des parents et rien d'autre que la mort, avant...

Il ne dormit pratiquement pas au cours des deux nuits précédant la venue du leader du Parti national français, écartelé entre les avis d'amis lui conseillant de se défiler et d'autres le suppliant de monter au créneau. Il passa par des phases d'abattement, des moments d'exaltation. Le pire, ce fut l'humiliation. Au détour d'un couloir il s'était trouvé nez à nez avec Maurice Gafmar, l'un des principaux réalisateurs de « Toute La Vérité », et lui avait demandé si ça ne le dérangerait pas d'assurer la vacation à sa place. L'autre ne s'était pas contenté de refuser. Ses paroles avaient hanté chaque seconde de la dernière nuit.

— Vous êtes bien tous les mêmes, toujours à vous faire plaindre, et dès que ça devient sérieux, les premiers à prendre la tangente...

Vers cinq heures il avait téléphoné à son assistante. Christine ne dormait pas, elle non plus. Personne n'avait accepté de prendre sa place. Il lui exposa le plan qu'il avait mis au point, pour sauver l'honneur. Elle accepta, la mort dans l'âme, de faire partie du complot.

Gilles d'Auray débarqua dans le hall entouré d'une bonne moitié du comité central du P.N.F. Une hôtesse guida la troupe jusqu'au grand auditorium et le chef, rayonnant, s'installa au centre du décor tendu de bleu roi. Thomas Le Vaillant vint le saluer et ils papotèrent ensemble durant un bon quart d'heure tandis que le public prenait place sur les gradins. Les moniteurs placés au sol renvoyaient les images prises par les différentes caméras, et un témoin rouge s'allumait sur le cadrage choisi par le réalisateur. Ainsi Thomas Le Vaillant et son invité pouvaient contrôler, tout en discutant, le travail de montage. La régie envoya son message.

— L'antenne dans deux minutes.

Tous les acteurs se figèrent. Christine qui avait pris les commandes de la caméra n° 3 fit un clin d'œil à Simon. Il lui répondit d'un signe, et observa la course du point lumineux sur le cadran des secondes. Une pensée lui traversa l'esprit quand il donna l'ordre de passage du générique : autant de caméras, autant de fusils... A cinq mètres, derrière la vitre, Goret se vautrait dans sa fange. Thomas Le Vaillant ne semblait pas être dérangé par les odeurs de bauge. Simon le fit apparaître plein cadre et bloqua la caméra n° 1. Le journaliste se contempla et remua ses fiches.

— Bonjour, monsieur Gilles d'Auray...

— Bonjour.

— Pour commencer je voudrais vous dire que nous avons reçu de nombreuses protestations concernant votre présence dans cette émission...

Le leader d'extrême droite, en parfait professionnel, fixa la caméra 3 et gratifia Christine d'un sourire. Simon attendait cet instant. Il déconnecta tous les écrans de contrôle placés dans l'auditorium et demanda à son assistante de resserrer le plan sur le visage de Goret qui ne s'était encore aperçu de rien.

— Vous savez, je suis habitué à la censure et au bâillon. Selon les sondages, je représente davantage que le parti au pouvoir et pourtant on me voit moins sur les écrans que les Fabius, Lang ou Kiejman...

T.L.V. se fit patelin.

— Je pense que vous ne choisissez pas ces noms au hasard, que leur consonance y est pour quelque chose...

Gilles d'Auray venait de constater la panne des retours d'image. Il fronça les sourcils. Le journaliste leva les yeux vers Simon qui lui répondit par un doigt levé.

— Je ne vois pas à quoi vous faites allusion, cher monsieur... Ou alors je vois trop bien où vous voulez en venir... Soyons clair : je n'ai rien contre les Juifs, mais on ne m'obligera pas à aimer Chagall ou Mendès sous prétexte qu'ils le sont !

La porte de la régie s'ouvrit violemment. Carl Imasse, le responsable à l'Identité du Parti national français, se dirigea droit sur Simon Elmaz. Il se pencha au-dessus du seul écran de contrôle encore en fonction et aperçut le visage de son chef en plan très resserré. On pouvait distinguer le lacis de veinules rouge violacé qui irriguait les joues, le blanc des yeux, le moindre bouton prenait des allures de furoncle mais le pire, c'était le minuscule filet de salive qui brillait aux commissures des lèvres.

— C'est vous le réalisateur ?

Simon s'efforça de ne pas le regarder.

— Oui, et je vous prie de sortir d'ici, le public n'est pas admis dans les locaux techniques...

— Et moi je vous ordonne de modifier immédiatement le cadrage. Ce que vous êtes en train de faire est inqualifiable.

— Ecoutez, toutes les liaisons avec les caméras sont coupées. Sur le plateau personne ne sait exactement ce qu'il se passe. Si vous voulez intervenir vous n'avez qu'une solution : interlude !

Thomas Le Vaillant observait la scène. Il tentait de lire les attitudes de ceux qui remuaient dans le bocal tout en mûrissant sa seconde question.

— Vous avez récemment critiqué, lors d'une conférence de presse à Berck, les travaux du comité d'éthique et évoqué « une gestion plus normale du matériel humain indésirable »... Pouvez-vous être plus précis ?

Gilles d'Auray, de satisfaction, se frotta les fesses sur le cuir du fauteuil.

— Vous savez, cher Thomas Le Vaillant, quand on remplace la célébration de l'Homme Supérieur par celle de l'Homme Inférieur, lorsque l'on s'aligne sur les tarés plutôt que sur les Aryens en tant que modèle de l'Homme Futur, lorsque l'on impose une survie dégradante à la place d'une élimination cynique, on produit des effets sensiblement analogues. L'enfer des handicapés congénitaux condamnés à vivre, le supplice des agonisants, la surpopulation dans le tiers-monde, la famine, et à terme, le génocide. Je suis pour la justice, non pour l'égalité.

Simon décrocha le téléphone qui sonnait depuis le début

de la réponse du leader d'extrême droite. Il identifia la voix du directeur général de Télé-Première.

— Qu'est-ce que c'est que ce cirque, Elmaz ? Ça fait huit minutes montre en main que vous nous servez un plan fixe sur la tronche de Gilles d'Auray ! C'est insupportable, le standard est saturé d'appels de protestation...

— Qu'est-ce qu'ils disent ?

— La même chose que moi, que vous êtes viré !

— Mais ils n'écoutent pas les horreurs qu'il raconte ? Ce type récite *Mein Kampf*.

Il se rendit compte qu'il parlait dans le vide et reposa le combiné sur son support. Le Vaillant, le front couvert de sueur, donnait des signes de faiblesse et transmettait sa nervosité à Gilles d'Auray.

— Monsieur le Président...

— Pas encore, pas encore... Je vous remercie d'anticiper...

— Je voulais dire « président du P.N.F. »... A propos de l'immigration, on a pu dire que vous fournissiez de mauvaises réponses à de vraies questions. Quelles seraient les bonnes réponses ?

Simon contacta Christine.

— Resserre encore le cadre... Fais-moi un plan rapproché sur la seule bouche de Goret... Qu'on ait l'impression de voir un film X...

— Je suis un Celte, et l'une des principales qualités de cette race est de dire la vérité, sans pudibonderie. La France n'est pas un hôtel de passe. Et l'affirmation que les Français ont des droits supérieurs aux étrangers est absolument conforme au message évangélique. La Bible nous dit d'aimer notre prochain, pas notre lointain !

— Quand vous dites « étrangers » vous pensez aussi à l'Europe ?

— Je suis avant tout un patriote, et je n'appelle aucune invasion de mes vœux... mais, si j'avais le choix, j'aimerais mieux être envahi par les Allemands que par les Arabes. Au moins eux, ils avaient Goethe, Schiller. Les Arabes n'ont jamais rien fait de mémorable.

Les derniers moniteurs en marche se brouillèrent sur cette phrase définitive. Des barreaux de prison colorés strièrent les écrans, puis les premières notes de *La Marseillaise* retentirent. Un panneau apparut à l'antenne : « Communiqué n° 1 du Comité de Salut public. » Un général en grand uniforme, la poitrine bardée de médailles, trônait, sa casquette coincée entre deux drapeaux tricolores.

— L'abaissement de la France sur la scène internationale, le pourrissement de ses institutions, la gangrène qui ronge son personnel politique, ont conduit un groupe d'officiers supérieurs représentatifs de notre Armée et soucieux de voir ses missions respectées, à s'assurer du destin de notre pays. L'Armée a parfois le devoir de rétablir un ordre salvateur, en France comme au Chili. La jeunesse abandonnée, inquiète, est prête à se donner dans un grand élan à qui lui proposera un Idéal à la hauteur de ses ambitions. Cet homme, nous l'avons élu comme chef, et c'est à lui que revient l'honneur de vous présenter le programme du Comité de Salut public.

Simon Elmaz se laissa tomber sur son siège. Tout le personnel de Télé-Première était comme tétanisé par la nouvelle. Ils se laissèrent faire quand une cinquantaine de parachutistes investirent les studios. Les militaires, formés aux transmissions, s'emparèrent de toutes les commandes en moins de deux minutes. Carl Imasse, à la tête d'un détachement de skins armés de mitraillettes, s'approcha de Simon et lui cracha au visage.

— Tu as mal choisi ton jour...

Il se tourna vers ses hommes.

— Occupez-vous de lui et de la fille qui était derrière la caméra. Vous savez quoi en faire...

On amena Christine tandis que des militants du Parti national français recouvraient le drapé bleu de « Toute La Vérité » de portraits de leur leader, installaient des drapeaux. Gilles d'Auray sortit de sa poche le discours préparé en vue de sa prise de pouvoir. Carl Imasse s'approcha de lui.

— Qu'est-ce qu'on fait du journaliste, monsieur le Président ?

Le chef de la junte fronça les sourcils.

— Quel journaliste ?

— Celui qui vous interviewait, Thierry Le Vaillant...

Gilles d'Auray pointa le doigt vers Simon et Christine que les skins poussaient vers les sous-sols.

— Emmenez-le avec ces deux-là. Il ne vaut pas plus cher.

LE PENOCHET

Dimanche 20 septembre 1996

Cela fait des mois que je me dis : *Vire cette saloperie de télé, ils te bourrent le mou avec leur propagande, et même si tu te crois le plus fort, il en rentre assez pour t'abîmer...* Je l'ai débranchée un mois entier, l'année dernière, quand ils nous repassaient en boucle les images de la prise de fonctions de Penochet. Il m'était impossible de voir ce plan en contre-plongée du Président Elu Démocratiquement admirant la tour Eiffel depuis le parvis du Trocadéro. Il ne lui manquait que la moustache, la casquette et les bottes... C'était bougrement efficace, il faut dire que la réalisation était soignée, signée Claude Autan-Taré, assisté de Gérard Plein. Il a bien fallu que je me résigne à la remettre en route : dans ce sous-sol, c'est la seule chose qui me relie encore au monde.

Mardi 22 septembre 1996

Ma fille m'a apporté du ravitaillement pour un bon mois. Elle a encore essayé de me convaincre. D'après elle je ne risquerais rien, seuls les étrangers et les naturalisés depuis moins de dix ans sont visés par les volontaires des brigades civiles de ramassage. J'ai beau lui dire que leur Assemblée nationale peut, du jour au lendemain, porter le délai à quinze, vingt ans, elle s'obstine... Hier soir, ils ont passé un reportage sur le ministre de l'Education, j'ai envie d'écrire « ministre du dressage », un type à lunettes qui s'appelle Bruno Godiche. On le voyait en province, dans l'Est, arracher la plaque d'un lycée :

Pendant trop longtemps l'éducation de nos enfants a été placée sous le signe de ce pornographe, de ce conchieur de tout ce qu'il y a de sacré, de ce bousilleur qui ne savait même pas dessiner... Le cameraman a fait un gros plan sur la plaque brisée : « Lycée Reiser ». Quoi qu'il en dise, ce salaud devait se sentir visé par les histoires du gros dégueulasse.

Vendredi 25 septembre 1996

Cette nuit on a jeté des cailloux contre les volets du garage. Le bruit m'a réveillé. Je suis monté sur le tabouret et j'ai regardé par le soupirail. C'était un groupe de mômes qui revenaient d'une fête. Ils en lançaient sur toutes les maisons jusqu'à ce qu'une voiture de ronde les coince, au bout de la rue. Je n'ai pas réussi à me rendormir. Sur la Cinq je suis tombé à la fin d'un porno soft. Ensuite Guillaume Dupont arbitrait un débat sur « Le sexe au service de la nation ». Michel Le Pentis, un ancien dirigeant étudiant de mai 68 reconverti dans le « bretonnant », ramenait sa science à tout propos :

Je suis un Gaulois. Je n'ai pas de pudibonderie d'expression dans le domaine sexuel. On n'a jamais réalisé que le privilège des pays européens, c'était de vivre sous des climats tempérés où les rapports sexuels viennent plus tard que dans les pays chauds. C'est pourquoi nos pays occidentaux ont connu un tel développement de notre intellect.

A un moment il a été question de Rome, de la Grèce antique et Dupont s'est permis une allusion à l'homosexualité. La secrétaire d'Etat à la Famille, Marie-Paule Stirbaise, s'est réveillée en sursaut :

Il faut sanctionner le prosélytisme homosexuel. En effet le plus grand péril qui menace la terre, c'est la dénatalité du monde occidental affrontée à la surnatalité du tiers-monde. L'homosexualité nous conduit, si elle se développe, à la fin du monde.

En fait, c'est quand les femmes sont comme elle qu'on a envie de devenir pédé.

Lundi 28 septembre 1996

Hier j'ai fêté mes soixante-dix-sept ans en ouvrant une barquette de surgelés « Paul Bocuse », un canard aux petits navets arrosé d'un château-margaux de 1985. La petite dernière m'a dessiné un soleil, elle doit savoir que j'en manque cruellement... Un speaker au crâne rasé vient d'annoncer que le jeu « La Roue de la Fortune » serait désormais diffusé le midi et le soir et que chaque partie durerait une heure au lieu de vingt minutes. Les concurrents ne gagneront plus des lots de marchandises mais des portefeuilles d'actions ! D'après ce petit con :

Quand les travailleurs lisent les journaux économiques au lieu des journaux de courses, quand ils jouent leur chance à la Bourse au lieu de confier leurs économies au P.M.U., *à la Loterie ou à la Caisse d'Epargne, alors la lutte des classes est enterrée et nous voyons enfin rétablie la véritable solidarité nationale.*

Mercredi 30 septembre 1996

Mon gendre a pu se procurer, avant destruction, un lot de cassettes retirées de la vente et interdites à la diffusion. Mon magnétoscope n'est plus tout jeune, mais j'ai pu revoir le *Nuit et Brouillard* de Resnais, *Avoir vingt ans dans les Aurès* de Vauthier, *Saló* de Pasolini, et le tout dernier Spike Lee *Help in Black*. Je me suis ingurgité plus de six heures d'images d'affilée sans ressentir la moindre fatigue, le moindre signe d'abrutissement alors que je ressors fourbu, cassé d'un quart d'heure de journal télévisé.

Samedi 3 octobre 1996

Ça y est, ils ont institué le salaire maternel. Penochet s'est fendu d'une apparition à la télé, avant « La Roue de la Fortune ». Il n'a parlé que de ça, passant sous silence la suppression du salaire minimum :

Ceux qui prétendaient régler le problème de l'enseignement en ajoutant cent mille, deux cent mille, trois cent mille enseignants de plus, ou régler le problème des anciens en créant des dizaines de milliers d'infirmières supplémentaires en sont pour leurs frais! Avec le salaire maternel, la mère redeviendra le précepteur naturel de ses enfants, la fille la garde-malade bienveillante de ses parents.

Après la rediffusion des « Quarantièmes rugissants », j'ai zappé sur la deuxième chaîne pour suivre le magazine qui remplace « Caractères ». Cela s'appelle « Identités », et le présentateur est un ancien du GRECE, Alain de Bonnoie. L'émission est tournée en direct dans les locaux de *La Closerie des Lilas*. J'ai bien choisi mon jour, de Bonnoie avait invité les Céline, Chardonne, Drieu, Brasillach et autres Suarez d'aujourd'hui... Je parle du parcours, pas du talent. Il y avait là une petite ordure antisémite, Marc-Antoine Navet, qui présentait son dernier livre, un recueil d'aphorismes. Ça le faisait jouir, rien qu'à les répandre :

Il n'y a qu'un moyen pour s'infiltrer dans la littérature : la vermine. Petit à petit. On pourrit le bras. Il faut couper. C'est trop tard.

La psychanalyse, c'est la solution finale de l'art.

A un moment il s'est mis à parler de Pasolini, l'annexant à ses délires.

— Pasolini préférait encore le fascisme mussolinien franc, net, dur et homosexuel au terrorisme consommateur de la petite bourgeoisie moutonnière. Il commençait à ne plus supporter la rationalité marxo-matérialiste des troupeaux d'hippies et de jeunes bâfreurs. Il n'aimait pas les cheveux longs, Pasolini.

A ses côtés, la vieille peau de Jean-Open Rallié se plissait de plaisir :

— Bravo, Marc-Antoine, tu parles comme ma femme dont la devise est, parlant de moi, « Je le suis partout ! » *J'ai entendu hier sur la B.B.C. l'appel du nommé Kiejman. La physionomie, c'est le destin, s'écriait Freud. Regardez, écoutez Kiejman. Son défaut de prononciation, c'est qu'il a la langue si râpée à force d'avoir léché trop de culs connus et inconnus, que ce parvenu appelle sa femme brocoli au lieu de Broglie !*

A un moment Alain de Bonnoie s'est penché vers le dernier Hussard (S.A. ?), Patrick Bescon, assis près de François Bigneau un ancien milicien devenu rédacteur en chef du *Choc du Mois*, le canard des intellectuels du parti de Penochet.

— Mon cher Patrick, de nombreux téléspectateurs doivent être surpris de découvrir un collaborateur attitré de l'ancienne presse communiste sur ce plateau près d'écrivains qui n'ont pas ménagé leurs efforts dans le combat pour la renaissance de l'identité française...

Bescon a réajusté ses lunettes griffées Dior sur son nez.

— Dans ce cas, permettez-moi de vous dire qu'il s'agit de personnes inattentives. J'ai travaillé dès le départ pour le journal de mon ami Jean-Open Rallié, et il n'y a pas si longtemps je déclarais, voilà j'ai la citation exacte : « Je me suis toujours demandé si les gens d'extrême droite étaient vraiment d'extrême droite. J'ai longtemps pensé que Maurras, Bainville, Perret, Drieu La Rochelle, et surtout Céline s'étaient aveuglés sur eux-mêmes — et qu'en

réalité ils étaient de gauche, comme sont peut-être de gauche aujourd'hui nombre de rédacteurs du *Choc du Mois.* » *Est-ce assez clair ?*

L'ancien supplétif de la Gestapo, François Bigneau, s'est alors épanoui. Navet a applaudi tandis qu'Open Rallié faisait le coup du tourniquet avec son œil de verre pour ramener l'attention sur lui.

Je n'ai pas eu assez de courage pour en supporter davantage. J'ai fait mon lit près de la trappe à charbon et j'ai relu quelques pages de *Martin Eden*, pour reprendre le dessus.

Jeudi 8 octobre 1996

C'est rare que je l'allume le matin. Normalement je déjeune en prenant mon temps, un bouquin posé près du bol... Là, je ne sais pas pourquoi, j'ai appuyé sur le bouton. Dorothée et sa fille gesticulaient, déguisées en sorcières, ongles et nez crochus, doigts tremblants ratissant l'or... Je n'ai compris qu'à la fin que ce n'était pas un conte, en lisant au générique que le film s'intitulait *Rabbin des Bois*.

Samedi 17 octobre 1996

Penochet est intervenu à la fin du journal de 13 heures depuis Dreux où se déroule la Fête des Jeunes Nationaux. Il était interviewé par Robert Knobel, un ancien taulard repenti qui met sa révolte au service du grand nettoyage. Le Président Elu Démocratiquement était entouré des athlètes de l'équipe de France retenus pour les prochains jeux Olympiques. Le journaliste semblait une erreur dans cet ensemble éclatant de santé...

— *Monsieur le Président, vous parlerez cet après-midi au pays. Je ne veux pas anticiper sur vos déclarations, mais, à votre avis, de quoi souffre la jeunesse française ?*

Penochet roule aussi de l'œil de verre, avec beaucoup moins de dextérité il faut le reconnaître que le champion du monde toutes catégories, Jean-Open Rallié.

— De trop de facilité ! Il faut expliquer aux jeunes que leurs envies, leurs désirs ou les tentations de la facilité ne correspondent pas toujours à leurs intérêts. En vérité, ils ont besoin d'ordre et de pureté. A une époque où l'athéisme fait de redoutables progrès, le besoin resurgit d'un ordre moral, avec d'autant plus d'acuité que le relâchement des mœurs est grand. Aujourd'hui les jeunes veulent des certitudes, non des problèmes. Dans cette optique le S.S. avec son uniforme, c'est un peu le prêtre avec sa soutane. Disparu dans une apocalypse de feu, de bombes et de sang, le soldat de Hitler est devenu un martyr pour ces jeunes à la recherche d'une pureté, même si c'est celle du mal...

Je n'ai pas pu en supporter davantage. Mon déjeuner a reflué dans ma bouche et je n'ai eu que le temps d'atteindre le seau, près du lit de camp. J'ai quitté mon survêtement et j'ai sorti le costume du placard. Des années qu'il est plié là, près de la pile de draps, avec les boules de naphtaline qui le préservent des mites. Je me suis habillé et j'ai mis ce dont j'avais besoin dans un vieux sac plastique de chez Tati. Advienne que pourra.

Maurice Laurint sortit par la porte de garage du pavillon peu après quatorze heures. Presque rien n'avait changé dans la ville, mais cela changeait tout : les portraits de Penochet sur chaque vitrine. Il se fit la réflexion que la photo n'était à sa place qu'en devanture de la charcuterie. Il prit le train à Saint-Lazare. On s'arrêtait sur son passage, on le montrait du doigt, les enfants riaient... Il se bloqua dans le coin d'un compartiment et descendit à Dreux. Le meeting se tenait sur la place piétonne, devant la mairie. Maurice Laurint traversa la foule compacte qui se pressait devant l'estrade. Il aperçut Penochet et ses lieutenants qui se rafraîchissaient sous une tente dressée contre le mur de l'église. Il se dirigea droit sur eux. Son apparition déclencha l'hilarité des ministres. Carl Sang, préposé à la Culture, pointa le doigt.

— On est en octobre, c'est pas Mardi-Gras !

Roger Acraindre, secrétaire d'Etat aux Anciens d'Indochine, haussa les épaules.

— Mais non, tu vois bien que c'est une présentation de la mode d'hiver...

Maurice Laurint était suffisamment proche. Il plongea la main dans le sac plastique et sentit l'acier froid de l'automatique sous ses doigts. Il sortit l'arme et tira dans le tas. Penochet, Acraindre et Sang s'affaissèrent avant que les skins du service d'ordre ne réagissent. Leurs armes crépitèrent. Leurs balles firent éclater la toile rayée du costume de déporté de Maurice Laurint.

TABLE

Cet ouvrage a été composé
par Compo-Méca s.a. 64990 Mougerre
et imprimé par la
SOCIÉTÉ NOUVELLE FIRMIN-DIDOT
Mesnil-sur-l'Estrée
pour le compte des Éditions Denoël
en octobre 1992

Dépôt légal : octobre 1992 - N° d'édition : 3879 - N° d'impression : 22207
Imprimé en France